文芸社セレクション

上総介異聞

—桶狭間の二日—

昇悦
SHOETSU

文芸社

目次

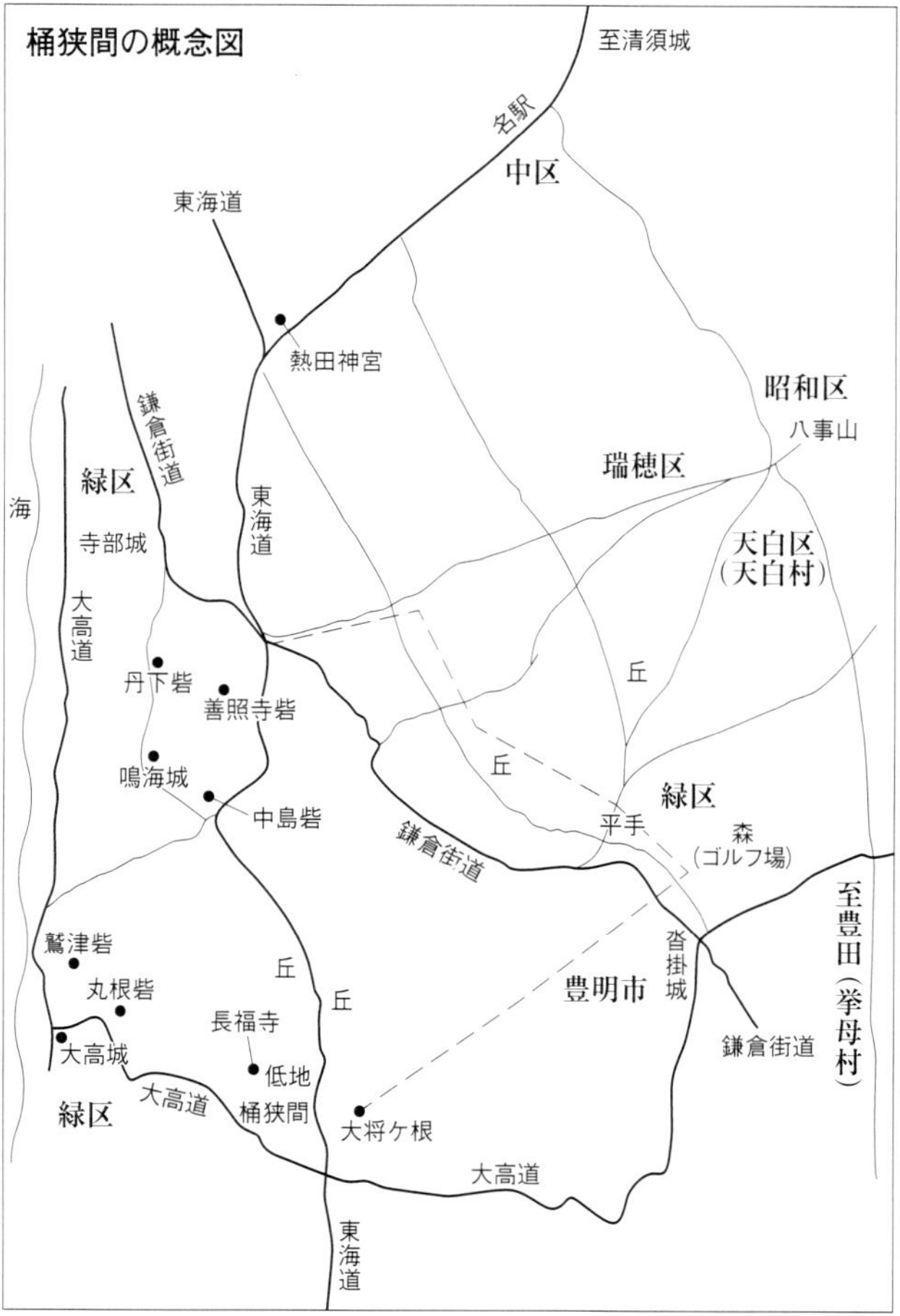
桶狭間の概念図
至清須城
名駅
中区
東海道
熱田神宮
昭和区
八事山
瑞穂区
鎌倉街道
緑区
海
東海道
寺部城
天白区
(天白村)
大高道
丹下砦
善照寺砦
丘
鳴海城
丘
中島砦
緑区
平手
森
(ゴルフ場)
鎌倉街道
至豊田(挙母村)
沓掛城
鷲津砦
丘
丸根砦
丘
豊明市
長福寺
大高城
低地
鎌倉街道
大高道
桶狭間
緑区
大将ケ根
大高道
東海道

上総介異聞

——桶狭間の二日——

一

永禄三年五月十七日、海道一の弓取りと謳《うた》われた今川義元は名古屋市緑区の東で接する豊明市東部の沓掛城に着陣した。

知らせは既に清須（洲）城内に伝えられていた。

宿老林秀貞始め家中の総ては言い様のない不安の下にあった。具足を身に着けた侍や足軽小者達が、上総介の様子を知りたくて御座所近くの廊下や、近習や小姓が出入りする辺りを、用もなくうろうろと出歩いていた。

その中には、槍衆の堀田左内、城戸小左衛門、弓衆の浅野又衛門らの顔もあった。尾張の統一過程で、共に戦った経験から上総介の力量を知《ち》悉《しっ》している侍達であり、上総介の強運に賭けて運命を切り開きたいと願っていた。

だが言い知れぬ深き不安は紛《まぎ》れもない事実であった、信じてはいても上総介の若さに戸惑い、重臣、年長者のなかには信じ切れぬものを強く感じている者も多かった。

「殿の様子はいかがじゃ。未だ何も策を聞かされては居《お》らぬ」

「殿の意向は何処にあるか、我らも知らぬ。さていかなる手が有るのか、難しいのー」

和田新介の問いかけに中島豊後守が応じた。

「何せ、義元が相手じゃ。夥《おびただ》しい兵糧や多くの軍勢を引き連れしっかり用意して進発いたして居る、簡単には諦めて戻るまい、飽くまで先に進むつもりじゃ。それが一番の問題じゃな」

扇子で首筋を叩きながら織田造酒丞が呟いた。

皆の視線は定まらず彷徨《さまよ》っていた。

二

詳しい状況を知らぬ農民兵や他国から恩賞目当てで駆け付けた者達のなかには、覇気を見せる者もいるが、多くは不安気で自棄気味か、城を抜け逃げる機会やきっかけを待っている顔であった。

戦いの前のピンとした張り詰めた雰囲気は見られず、どろんとした淀んだ空気が場を支配していた。成りたての足軽や農民の兵らは寄るとさわるとひそひそ話を始めるのであった。

「一体いかなる戦を考えておられるのやら、うつけの殿は！」

「シッ、滅多なことは言うでない、うつけ殿と言われたは前のこと、今は押しも押されもせぬ尾張の太守じゃぞ」

「この先どうなるのやら、今川義元の軍勢は三万とも四万とも言われて居るぞ、尾張も一溜《たま》りもないな、義元の軍勢に加勢しょうかの、命あっての物だねじゃからな…」

「そうじゃそうじゃ、それにしてもほんとに義元と戦おうと致して居るのかの、早く暇乞《いとまご》いをしておいたほうがよかったかな」

「お前さんは今まで、えらく殿に惚れて付いて行くと、力んで居ったんじゃなかったかの」

「それを言われると面目もないが、それにしても、相手が悪い、悪すぎる」


　この連中の中には叶うはずもない大将首を取ろうとする農民あり、土地の豪族あり、他国から金で誘われて来た豪族や流れ者も詰めていた。

　その中には荷駄運びを生業《なりわい》とする山賊に近い者あり、川並衆の様に川筋で荷駄を運ぶ豪族もいた。

　蜂須賀一族や前野一党等もいる、彼等は荷駄を運び諸国へ旅をしていた。揖斐、長良、木曾川筋の津嶋（津島）を根拠地として諸国と手広く商売交易を行うには、銭の力ばかりでなくこの時代は腕力さえも必要とした。

商業活動の背後にはそれを保護してくれる寺社、幕府、大名等がいた、彼等はその大名や寺社の争いごとに加勢し、戦にも出ていった。一蓮托生の関係でもあった。

父の織田信秀は津嶋を根拠地とし、ここから揚がる多額の銭が尾張で大きな勢力を張る力をもたらした。

上総介は予てより多くの金品を与え、情報を得るために多くの者を手《て》懐《なず》けていた。

加勢に来た彼等が身に着ける具足の姿形、色や働きは様々であった。横に座る者たちはお互いに敵か味方か分からず、得体《えたい》の知れぬ者達も多かった。自然と顔見知り同士が徒党を組んで伸《の》し歩いていた。

他国から恩賞狙いで来ている豪族や戦が在るところを嗅《か》ぎ付けて、金目当てで売り込みに来た傭兵達もいた。商売上の荷駄などを護り運び、帰りの荷駄が無いと他の荷駄や船荷を襲い奪うなど、毎日が戦いの集団は諸国を歩き各地の情勢や実情をよく弁《わきま》えていた。

恩賞や金目当てで合戦に出てくる点では、みすぼらしい具足を着けた尾張の農民達でさえ家にある槍や刀を携《たずさ》え、恩賞目当てで戦に出てくる点は同じであった。多くの兵数はこの様にして、集められていた。内情はどの大名も、何れの戦も同様であった、集め方によって軍勢の数も内情も自ずから異なってくる。この度の戦いでは尾張の者や予て繋がりのある者を除くと、不利な形勢を見て多くの兵力を持つ寺院や大豪族の勢力は誘っても応じてこなかった。勿論の事、隣国大名からの援兵は全く期待できる状況になかった。

参集した似た者同士は、お互い不信感の塊、戦に慣れた傭兵達の目に農民の兵は素人集団、戦には役立つまいとあざけりの目で見られていた。傭兵の荒くれ共には気の弱い農民を脅して酒や食べ物を巻き上げたり、勝手な振る舞いも多かった。彼等は城を抜け出し、酒を飲み、遊び歩いていた。

傍若無人な彼等の行動は、過去の諸々の行ないや悪行、土地争いや同業者同士の争いも持ち込まれ、小競り合いや喧嘩も起こった。騒然とした雰囲気をさらに弥《いや》増していた。

それが原因で城を去る者が出たり、上総介の将来に見切りを付けて消え去る集団もいた。今川方に内通し恩賞を期待し出ていく者など、落ち着かない雰囲気が満ち溢れていた、しかし今川方から寝返ってくる者はいなかった。一方で、戦の話を聞いて遅れて加勢に現れた胡散臭《うさんくさ》い一団も加わってくる。

尾張の農民は己の国、畑作や稲作、家族や仲間、部落を守るという名目もあった。国元だけに他国者に荒らされたくないとの自負もある、それゆえ事在る毎に異質な者達は反目し、いさかいも絶えなかった。

戦に勝てぬと、恩賞はおろか命さえ落としかねない。多くの者は傷付き、運が悪いと一生片端（重い身体障害）となり、何の大きな恩賞にも有り付けず、僅かな銭と食料、戦で与えられた衣類具足を与えられただけで終わりとなる。

気心の知れた同じ故郷の出、農民同士、親類と強い結び付きもあって、戦となれば離れ離れにならぬようと堅く誓い、傷つき弱った敵の武将を見付けた時は一緒に大将首を獲ろうと語らい、もし負け戦となれば共に逃げる算段までしていた。しかし、今の暗い劣勢な状況を前にして、織田に義理立てして戦に出るか、皆で逃げ出すべきか決めかねていた。

今川の世となっても、彼等農民が殺されたりされぬことは心得ていた。むしろ負け戦の時、家族や家屋敷、米を守り、危険から家族や一族を逃し隠す者が手薄になっている事が心配であった。尾張の西は平である、簡単に逃げ隠れする場所は少ない。騎馬なら一気に蹂躪される、負け戦ともなれば簡単に一、二日で踏み潰される。恵まれた平らで開けた肥沃な地が逆に、危難をいや増していた。

見張りに立つ者を除くと、足軽は狭間から外を覗いたり、木陰で車座になり濁《にごり》酒で暇を費やしていた。早馬が駆け込むと、新しい状況を仕入れに、一人、二人と座を立って走っていった。

城外の広場では、俄《にわ》か足軽に、整列や号令に従うことが、日々の訓練であった。槍や刀の戦いの稽古など、夢のまた夢である。来る日も、来る日も、整列歩行で、あとは槍を持って、立っていればよかった。戦力としての計算外であるが、人数としては数えられる。

三

　未だ明確に兵農分離し常備軍化はなされていなかったが、従前より織田家に属していた足軽は上総介に鍛えられ、軍兵はさすがに規律正しく精鋭振りを辺りに示していた。その頃はまだ珍しかった多数の種子島（鉄砲）を煌めかせ周りを威圧していた。

　鉄砲を持たせた兵を従えた巡視は城内の雑多な兵らの身をすくませ、暫く緊張をもたらした。

　その日の天候に合わせた火薬の調合割合を確かめるため、城外の馬場近くで時折種子島の爆発音を轟かせていた。それが戦が迫っていることをいやがうえにも城の内外に思い知らせていた。

　織田方の城持ち武将や義元の進路に当たる城砦を任される武将は、義元出陣を理由に出城を固めるとして清須城には現れぬ者もいた。

最早、名のある武将達でさえ離反に走るのは時間を要しない状況であった。

上総介は若いながら尾張統一の過程で、多くの合戦の経験があった。数多《あまた》の戦いに勝ち残って一国を勝ち得た、それは強烈な自信でもあった。


しかし、思惑の渦巻くなかで余りに早い軍議は、今川方にその内容が筒抜けになる怖れもあった。これからの行動や判断をも縛り、簡単に良き策も見出せそうにない。戦評定ともなれば、彼我の人数や戦力、兵法書に書かれた策の主張、勝敗の帰趨の読み、自らの命や勢力の維持を気にし始める、成算が無くとも取り敢えず籠城を言いだす、状況を無視した過去の常識論も出てくる。

何時までも議論が続き結論を出せなくなりかねない、評定の場のいつもの様子が見えるようであった。上総介は自らの判断や決断を妨げられる事を嫌った、相手の隙や失敗を狙い、僅かの機会を狙い仕掛ける戦いに、予め立てる手立ては不可能であり、無用であった。

なおさら余り事実を述べる訳にもいかぬ、又皆の者が言いだせば自説にこだわり引っ込みもならず混乱する、冗長な話を聞いている余裕はなかった。

長い間練りに練ってきた策を用い得る、稀有な機会が訪れる幸運を、神や仏にも祈るような気持ちで待ち続けた。

城内の御座所では、上総介は縁近くに座を移し幾つかの絵図や書面の類を広げ、何時までも見比べていた。物見の騎馬武者が戻ると、泥と埃、汗に汚れたそのままの姿で庭先まで入り直に上総介に知らせ、次の命を受けて走り出ていった。その様子を近習の侍や小姓達は爛爛とした眼で成り行きを見守っていた。

しかし身の回りの事を除くと、戦の支度などに何の指示も出されなかった。

四

宿老の林佐渡守、柴田勝家、中島豊後守らは集まり、評定がないことに苛立っていた。頻りに上総介の前に出て、評定を開く様に迫った。なかでも権六勝家は面と向かって策を聞き出そうと促した。

「殿、事態がここまで切羽詰まってきたからには、一刻も早く諸将を集め軍議を始めなければ、‥手遅れになりまするぞ。皆の者も焦《じ》れておりまする、このままでは浮足立ってきますぞ。すぐさま評定を開きまする様に」

詰問調で迫った。

「心得て居る、心配致すな！　‥田植えは順調に進んで居るか。それにしても忙しき折に邪魔な、今年の夏祭りは大いに楽しもうぞ。そちも一緒に盆踊りでもどうじゃ」

「滅相もない、この危急の折に盆踊りどころではありませぬぞ」

「不満か、其方の様な乙名はもっと緩《ゆる》りと致せ。皆が見て居るぞ、皆にもちっと余裕を見せよ」

「は…今は軍議を為さらぬと…」

「その内致すほどに、焦るな、下がって寛げ」


権六勝家はかって林佐渡守、美作守兄弟と謀って、上総介を廃嫡し実の弟勘十郎信行を守り立てんとし、稲生村で戦った。しかし美作は討たれ、負けて城に逃げ帰った。頭を丸め墨衣に身を包み、上総介の母土田御前の口添えで許された、頭が上がらない弱みがあった。柳に風と受け流されて渋い顔をして引き下がってきた。

他の者は権六勝家から聞き出そうと周りに集まるが、その渋い表情を見て黙って立ち尽くした。

連枝衆の津田信次はなおも、

「殿の意向は」

と尋ね、権六勝家が首を振るのを見た宿老の一人林佐渡は、

「手前がもう一度尋ねて参る」

足音を殊更に大きく響かせながら、上総介の前に出ていった。

「義元が進む道は何処か、判ったかの」

素早く上総介に尋ねられ、応えられぬと、

「早く知らせを持て、今は一刻も早く探すのが肝要。火急の用件はそれだけじゃ、他の事柄はそなたが聞いて処置を致せ」

ときつい指示を受けて林佐渡は退散した。

その日は、雑談やよもやま話だけで、皆が知りたい対応策の話も戦評定もいっこうに開かれなかった。その上、夜になると上総介から暇《いとま》を与えられた。

武将達には焦りと不安で不満が高じていた、顔を会わせると、つい上

総介に対する批判的な言葉が口をついて出た。多くの家臣達は上総介に敵対し戦った経験を持っていた、臣服してからも時間は余り経っていないのである。長期に亘った本家筋の織田一族や親類、兄弟、有力武将との戦いに勝ち残り、前年にようやく尾張の統一が成ったばかりであった。その過程で負けて膝を折った屈辱や反感は今も秘かに内蔵されていた、何時吹き出してくるか判らない危険が内蔵していた。

五

夜になり、城内や庭先には大きな篝火が焚かれた。闇が訪れても城内は落ち着かなかった。言い知れぬ不安と恐怖が渦巻いていた、明るい希望は誰にも持てなかった。

「豪族の手の者や乱波《らっぱ》共から何か知らせはないか」

「未だ御座りませぬ」

「鷲津、丸根の早馬か、義元本陣の動きが判明致せば、起こせ…他の事では起こすな。暫く眠ると致す。他の者も体を休めよ」

上総介は寝所に入ると後ろ手に杉戸を強い力で閉めた。〝がたん〟と重い音がして周りの喧騒を一瞬絶ち切った。小姓が慌てて杉戸に近寄り、跳ね返って僅かに開いた戸をそっと外から閉め切った。

丹羽長秀、毛利新介、服部一忠、簗田出羽守など近習や馬廻の武者は鎧、胴丸などの具足を身に纏い強い足音を響かせ、控えの間や庭先、廊下の彼方へ走った。身に着けている具足同士の擦れる音、具足と槍や刀が当たる音を響かせながら、ひとしきりざわめいたが、やがて篝火の薪が爆《は》ぜる夜の静寂に戻っていった。

六

上総介は寝床に腰を下ろすと、何時とはなしに燭台の灯心を眺めていた。心の動きと軌を一にするように、風のない閉ざされた室内でさえ、炎が大きく小さく左に右にと定まらず動き続けた、見る者の心を揺り動かすように、誘う様に瞬いていた。

上総介は着替えることもなく、平服そのままで横になった。消されなかった炎はいつまでも動き続けていた。暫しの眠りを得ようとして目を閉じたが、寝入ることはなかった。

上総介は繰り返した戦の修練の場を思い出していた。

その日は早朝より船戦の修練であった。熱田の浜で百名が二手に分かれ、背後より迫り、先に空砲を一斉に撃った側が勝ち。

更に陸に上がり、並んで一斉射撃の後、先に攻め込んだ側の勝ちとした。

船を砂浜に引き上げる際、一人の足軽が足を挟まれ傷を負った。

修練を終えた兵らは熱田神宮の大木の陰で休んだ。そこには水や食事が用意されいた。食事を終えた頃、神宮の宮司や巫女達が、お茶と菓子を携えて現れた。百名分ともなると大変な数となる。

上総介は礼を述べ、銭を包んで差し出した。

宮司は、

「何時も過分に頂戴しております。御気使いなきよう、存分にお召し上がり下されたく存じます。御用があれば何なりとお申し付けくだされ。相応の人数を残しておきます」

と述べると、立ち去った。

皆が一服した頃合いを見て、立ち上がり、

「船を引き上げる折、足を痛めた者が居ったの、前へ出よ」

一人の足軽が、他者に押され、前に出た。

「足を見せよ」

巻いた布を外した、近習たちが慌てて、

「殿　それは…」

制止しようとした。

上総介は委細構わず、傷口に桶より水をかけ、布で拭き、鞍から焼酎を出し口に含むと、ぱっと吹き付けた。新しい布で、足を巻いた。

「大事にいたせ」

と背を伸ばし、皆を見ながら前に立った。

「これより、ちっとご苦労を掛ける」

と切り出した。

「今日の勝ち組は楽な道、鎌倉街道を通り大将ケ根の丘を越えて、桶狭間の地に出る。負け組は余が率いて東海道の西にある丘と狭間の連なる不案内な道を進み、桶狭間に出る。ここで相手を探し出し、戦を行う。

この後、長福寺に入る。この道は困難故、長い槍は持たぬ。すまぬが鎌倉街道組が持参してくれ」

　これからの手順を説明した。次いで先ほどの傷の手当てをした足軽を招き、「この者をこの馬にて、清須の家まで送るように。歩かせてはならぬぞ」

　轡《くつわ》を預かる小者に、命じた。

「殿の御乗馬ではござらぬか。いけませぬ」

　近習が口をはさんだ。

「大事な家中じゃ。送りしあと、長福寺に戻って参れ。皆でこの者を、馬に乗せよ」

　数名が立ち上がり抱き上げ、足軽を馬に押し上げた。

　清須への道すがら、上総介の乗馬に乗った足軽は皆の目を引いた。商家の女将が出てきて、

「あれ、殿のお馬ではなかかね」

と素っ頓狂な声を出した。

驚き話す声が足軽の耳にも入り、

「降ろしてくれい」

と言い出した。馬の手綱を持つ小者は、

「殿、直々のご命令じゃ、違背は為らぬ」

と取り合わなかった。

成り行きは、密かに口伝えに噂は広がった。


東海道の西、街道に沿って続く小高い丘や低い狭間、池の広がる地は鳴海城、丹下砦、善照寺砦、鷲津砦方向を見下ろす位置にある。

高い丘に登れば、樹間から横目に砦を見たり、地の底へ下りたり這いあがったり、通れる場所を探しながら進んだ。

見通しのよい場所で、水を飲み一息入れながら、周りの地形を丹念に見入った。

「この地形をなんと考える」

毛利新介は答えて、

「追い込めば勝ちに、追い込まれれば死が待っておりましょう」

上総介は黙然と聞いていた。


暫くして立ち上がった。周りの者も続いて立ち、身支度を整えた。

道は東西を結ぶ農道や間道があるだけで南北を繋ぐ道は東海道を除くと見られない。苦労の中、密集した下草、灌木に遮られ、刀で払い切りながら少しずつ進んだ。この地は急坂となり、底に下って行った。大きな水溜りが池となっていた。

通れそうな場所もなく、池の周りを足元に気遣いながら進んだ、何人か通ると足元も崩れ滑りやすくなる。後方にいた一人の足軽が足を滑らせ、池に落ちた。立ち上がり岸に戻ろうとするが、泥に足を取られ、動けない。

皆で引っ張り上げた。下半身には泥がへばり付いていた。ここでは泥を落とすことも、まま為らない。

旗本の制止を聞かず、事情を知った上総介は次の池で踏み込んだ、だが身をよじり抜け出そうとするが、

「うっ　うっー」

力む声だけで、三歩と歩けず身動きが取れなくなった。

周りの者は一斉に笑った。

「殿をお助けいたせ」

旗本の声で、短槍の柄、刀の鞘、紐などが差し出された。近くの者が力を合わせ助け出した。

行進は距離に比べ、長い時間を要し、東海道と背後の大将ケ根の丘を間近に見上げる桶狭間に漸くたどり着いた。

近くの流れのある小川で、足軽と並んで泥を流し落とした。再度水を使い、濡れた体は冷えてきた。二人は並んで立小便をした。

足軽はこれからも上総介と傍で話すことは無いであろう。だが、この出来事は、心に深く残り続けた。


一行は疲労困憊《こんぱい》し、用心が薄れていた。突然左右から空砲が鳴り、伏せ勢が立ち上がった…。

あとはこの地で一段高い丘の上にある長福寺へ並んで入った。

寺では風呂が焚かれ既に用意されていた、皆に新しい着替えに褌《ふんどし》まで用意されていた。

大広間で皆が一緒に同じ食事をとり、三刻の眠りをとった。

今川との戦に備え、状況の探索と即座の知らせを頼み、準備歓待の費用として金子を差し出した。

夕刻より東海道に出て、馬上から高い大将ケ根、低く深い桶狭間、繋ぐ東海道大高道を振り返り地形の様子を見直した。

長福寺の辺りは、後に逃げる今川勢と追う織田勢と激しい戦いを繰り広げる場となった。

清須に帰り着いたのは夜になっていた。


沓掛城と大高城、鳴海城を結ぶ大高道と東海道は桶狭間の地で十字に交差していた。

義元は沓掛城を出て、大高道を戦場に近い大高城に向けて進もうとしていた。

清須城と桶狭間の地はおおよそ五里（二十キロ）、道の状態を加味すると六里程であろうか。当面　清須の城は攻められまい。

今と異なり、川幅は広く水量も多い、さらに泥濘《ぬかるみ》も多く、大きな荷物を持っての渡河は難渋する。動きは遅くなろう。

回想の世界から、今に戻っていた。

上総介の周りは近習や小姓を除くと、年長者で固められていた。己の兄弟や親類も敵対し、味方した者も戦いや謀《はかりごと》に陥れられ命を落とし、内も外も安心できる状況になかった。

何時誰が叛き、背後から攻めてくるのか、気の休まる日はなかった。溢れる若さと勢いを持つとは言え、若いからこそ経験も足りず、経験豊かな乙名達の叛乱は大きな重石でもあった。

幾度となく反芻した考えに再び入っていった。

「この度の敵、今川義元はいままでにない大敵である。やはり京での天下を望んで居るのかの、さすれば不退転の決意を持って進んでおる。少々の齟齬《そご》や先陣の負け戦では、簡単には諦めまい、大軍を率い必要な手を次々に打った上での前進である。…しかしこのまま上洛するにはちと遠過ぎる、美濃や伊勢の国に何らかの手を打って居るのか、それにしても今川との間で呼応した大きな動きが見られぬが、裏で交渉が為されたか…かの。

伊勢や美濃方面で多数の軍勢が動いたとの、知らせは未だ届いては居らぬ。背後からも尾張を突き、一気に叩いて押し通る気は無いのかもしれぬな。背後からと挟み討ちにしようとの策は為されておらぬ様じゃ。今川の力だけで尾張を抜き、駿河、遠江、三河参国の大守だけで収まらず、領国を拡げ上洛の足場を確実に固めようと致して居るのか…。

さすればもっけの幸いじゃ、伊勢や美濃への備えは要らぬようじゃの。全ての兵力を今川に振り向けることができる、一泡吹かすこともできるかもしれぬ、ここで叩いておけば暫くは今川も動けまい。ここで刻を稼ぐことができようぞ、急ぎ備えを立て直さねば、今のままでは丸裸同然じゃからな。

僅かの期待や可能な事を見出し、如何に策を巡らそうと、今川の大軍が尾張に雪崩込んでいるは事実じゃ」

この巨大な圧力の対策に疲れ、恐怖にもさいなまれ、不安で焦り、そのなかに希望的な予測をし、また落胆する気持ちが折敷く様に湧き出ていた。再び、今までに考え続けた戦法を反芻《はんすう》するが、この戦いに確かに用いうるか確信も侭《まま》ならず、前と同じくまたしても堂々巡りに陥り、更に新しい策を求め考えた。

十九日に入った真夜中、庭先が突然騒がしくなった、ドドドッと大きな馬蹄がこだまして次いで「どーどーどー」と馬を御して止めようとしている濁《だみ》声が辺りに響いた。門が開けられ、数名が具足を揺らし強く擦れる音をさせながら庭に走り込んできた。すかさず小姓の佐脇良之が寝所の杉戸ににじり寄って声を掛けた。

「起きておられまするか。鷲津砦からの早馬でござりまする」

「分かった。すぐ参る」

起き上がると着衣の乱れを直しながら、縁に向けて自ら戸を開けて出た。

「申せ！」

「は！　朝比奈泰朝勢二千、丸根砦には松平元康勢千、力攻めに出て来ましたぞ。織田玄蕃様、飯尾近江守様より至急知らせよとの命でござります」

今川勢の陣備えなど様子を詳しく聞き質し、細かい指示も与え、

「分かった、確り防げと伝えよ！」

「は！　確かに伝えまする。他に申し伝える事は御座りませぬか！」

「今はそれだけじゃ。…おおそうじゃ、後ほど必ず援軍を送ると！　…そう伝えよ！」

「砦の皆が喜びまする、命に賭けても伝えまする。では御免！」

七

　更に重苦しくなった空気の中で、静けさが戻った。寝所に戻ると横になった、再び種々想定した状況を組合せ、合戦の場を推し測かった。鷲津、丸根、中島、善照寺砦近くの地形を思い浮かべ、彼我の配置と人数、城や砦の位置を絡めて戦場の様子を想像した。この地で衝突するとすれば、いかなる合戦が起こるであろうか、どの様な策が考えられるか、駒を動かすように組立てながら考えた。

「今川は四万の軍勢と称して居る、実数は少なかろうが大軍には違いない。戦場の地に出てこれる数は概《おおむ》ね二万であろうか、城、砦や街道、背後に人を割かねばならぬ。既に大高、鳴海の城や近くには参千の人数が入っている、併せると二万五千の軍勢となる。

　率いて行ける人数は三千、五つの砦に入れてある人数は二千、併せても五千程と五分の一の勢力にしかならぬ。難攻不落の堅城、天険の地も無く五倍の敵と戦うにはいかなる手が見いだせるのか、戦力差が大きすぎて確かな手は予測も付かぬ。このままでは負け戦が必定である、何か良い手はないのか。

今川方を推敲《すいこう》すると、義元は沓掛城を出て西に進み、海沿いに手前の大高城（城砦は何れも緑区内）かその北に遠く位置し寝返りで織田方の砦の背後、戦場の奥深く突出した鳴海城の何れかに入るであろう、それであれば通る道筋は何れか、何処で決戦を挑める機会を見出せるのか」

この日の在ることを考え、この辺りの地形や特徴を何度も何度も馬による遠出をして調べ歩いた。いま街道の様子や多くの間道、枝道を思い浮かべていたが、つい独り言につぶやいていた。

「今川方にこちらの動きを掴ませぬためにも、夜中に動き出すのは予てからの狙いである。もし雨が降ればこちらの動きも妨げられるが、今川の軍は三、四万に及ぶ大軍であろうか、さすれば動きも鈍くなり混乱もしよう、雨の影響は計り知れまい。

雨は何れの足をも止めるが、少勢のこちらの影響は遥かに少なかろう。だが気が重いことは動かしがたい、気勢が上がらねばえらく困るの。…しかし義元は他国に居る、雨宿りの場所や宿所の確保も大変な困難となる、影響は敵方が想像以上に大変じゃ、付け込む隙も出来るかも知れぬ。その場所、機会を捉えることが重要じゃが、如何にして見定めるか難しいの。確かな知らせじゃ、手早き知らせじゃ」

横になっても緊張が続く、暫くうとうとしすぐに目覚めてしまった。かって鉄砲を橋本一巴に、弓を市川大介に、剣や兵法を平田三位に教えられた、若き日をその教えと共に思い出していた。そのときの教えで使える策はないか、頻りに思いを巡らせた。

孫子の兵法には参照できる策は、諸葛孔明の様な計略はないのか、色々と思い出すままに考えあぐねていた。丹羽や佐々、前田、毛利らと山や野、川で、若き荒くれ共や若く元気な農民達との戦習練の数々を思い出し使えるものはないかと探った。

今や格好をつける余裕などはなく、すがる思いで没頭していた。

共に戦い、川や山野を伸し歩き、修練を重ねた仲間とも言える毛利や佐久間、安食、魚住、木下、中川、前田ら問題を起こし出奔、自分の元を立ち去ってこの場に居ない顔と共に持った経験を、ふっと、思い出していた。

「多くの実戦や数限りなく繰り返した習練でも、共通するのは、戦は雰囲気の取り合いである。数の多寡ではなく、優勢と思わせる策である。追い込まれ劣勢に陥れば数が多くとも崩れ立つ、この状況に至れば如何に叱咤激励しようとも態勢を立て直すことは不可能じゃ」

勝つには唯一つ、優勢な状況を如何に作り出すかにある、尾張統一の過程でこの布石をすることに心を砕いた日々を思いだした。普段の経験の中で身に付いた、確かで手慣れた方法を使う事にたどり着いた。

「今川方の戦さ陣形を読むとすれば先陣、周りの城砦の押さえ、後方の備えに人数を出せば、本陣に割ける人数は一万には届くまい、五千前後と踏むが正しかろう。さすれば前後の軍勢と切り離せるかが、成否を分けよう。五千の敵本陣とこちらが注ぎ込める三千の戦いとなろう、さすれば似た勢力同士の戦いとなる、戦法を工夫いたさば勝てるだろう。

義元はこの地を知らぬ、乱戦となれば慣れた地の軍勢が勝つ、不利な状況でも支え得る戦陣を構える用心があるかの、なければ突き崩し追い崩し混乱に追い込めよう。崩れ立った軍勢は幾ら人数が多かろうとも、立て直せぬものじゃ。

さすれば、いま追い込まれ籠城している人数も攻めに出て挟み打ちにし追撃にかかれよう、今川の軍勢を敗北により四散させ尾張から追いだすことも出来ようか。

とにかく義元本陣を叩き、敵を不安と恐怖で浮足立たせ、軍兵が算を乱して逃げ出せば良い、勝ち戦となろう。…義元も十分用心しているであろう、一分の勝算かの…」

これまでを支えてくれた、柴田、林、佐久間ら普代の臣、一族衆、馬廻、近習達、小者、足軽などの顔を短時間のうちに次々と思い浮かべていた。

「明日にも、皆一緒に死に行くかも知れぬ、多くの運命はそうなるであろう。…もし今川に和睦を申し入れたとしても、幾許《いくばく》かは遇されたとしても京に至れば、…何れ山口左馬助、九郎次郎親子と同じように、故なく厄介払いで詰腹を切らされるのが落ちじゃ。鳴海、大高、笠寺などの諸城と浅井小四郎らを誘い、寝返ったがそっくり取られ身は切腹の哀れじゃ、じゃが尾張深く楔《くさび》を打ち込まれた形勢は如何とも不利になったの。

攻めるも死、城に籠るも死、戦を避けて義元を見過ごしたとしても揖斐、長良、木曾川に今川の軍勢が届く頃には、尾張の国侍共の半分も義元が膝下に馬を繋ぐことになろう。

…そうなれば尾張の織田は崩壊する、この城でも逃げ散って、武者さえ誰もいなくなるであろう。待つことは許されぬ、では攻めて勝機を見出し得るだろうか、残念じゃが見通しは付かぬ」

再び元に戻ってしまった、何度思案しても元に戻ってしまう。もう一度やり直した、今一番大事なことは、軍勢を堅くまとめることにある、そこまで考えてはたと考えが止まった。


「そうではない、〝戦で最も避けねばならぬ〟ことは、戦いの恐怖から誰かが逃げ出すことである。そうなれば何れも恐怖に駆られ浮足立つ、恐れをなして居る軍兵を伴い、不利な戦場で勇敢に戦わせるはいかなる者にも不可能じゃ。

…恐れ逃げたき者を連れていく事は避けねばならぬ、参千程の軍勢の幾らが付いてくるか不明なれど、五百でも致し方ない。もし戦場や向かう途上で逃げだす者が出て、他の者も浮足立って逃げ散れば、手元に残るは数十人と覚悟せねばならぬ、それでは戦にならぬ。戦わぬ者は切り離さねばならぬ」

ここまで考えが至り、冷静さを取り戻した。

「さすれば明朝になれば、夜中に逃げ散った者が明らかになろう。皆が一層不安に陥り、逃げだす者も増えよう、常なら逃げぬ者も一緒に誘われ抜け出るであろう。

状況が未だつまびらかにならぬ、今早朝、暗い中、出陣するのが残された最後の機会であるか…出陣の時、兵を整えぬように致さねば、陣揃えなどをせず一人飛び出そう程に、付いてくる者は戦場では逃げだすまい、その者達こそ信じられようし、死中に活を求めえよう、その者こそが一騎当千の強者だぎゃ…

共に戦うか、或いは残り逃げたき者を峻別するために、決意を形として見せようぞ。敦盛の舞と致そうか…、皆の前で心構えを舞って見せん、決意を弁えようぞ。聞きし者も覚悟を決めよう」

　意を決すると、がばっと起き上がった。

　丸根砦に佐久間大学、鷲津砦に織田玄蕃、飯尾近江守が城将として詰めていた。折りも折りその砦の将等から今川方が全面的に攻撃に出てきたと、火急の変化を知らせる注進が飛び込んできた。

　粗末な砦は山口左馬助親子が今川に寝返った鳴海城（今は今川家の岡部元信が城主）と大高城の間にあってその連絡を遮断し、三河に最も近く位置する大高城を抑えていた。今川方の攻撃に一番先に晒《さら》される運命の砦であった。

　上総介は、大幅に優勢な兵で取り囲み遮二無二前に出てくる敵の力攻めの様子を聞きながら、出陣の刻限を噛みしめていた。

「御苦労であった。すぐにも援軍を連れて参る。応援の軍勢が着くまで確りと守れ。そう伝えよ」

「は、援軍は確かでござるな。長くは支えられませぬが、武門の務め果たす覚悟でござる。では御免」

悲槍感漂う使いを送り返すと、

「鼓を持て、敦盛を舞おうぞ」

上総介は気持ちを姿形に表して舞い続けた。だが見えぬところで手は震え足はふらついた、気を引き締め自らとそれを見る周りの者に覚悟と心の整理をするように促し舞い終えた。

「茶づけを持て」

と命ずると、立ったままでかきこんだ。小姓が手伝い鎧を身に着けたが、大敵に刃向かう必死な上総介とて、小さな震えは止めようがなかった。急ぎ用意された床机に座り直すと、居ずまいを正した。

襷《たすき》鉢巻き姿の侍女たちも傍で見つめていた。戦に負ければ侍女たちにも過酷な運命が待っている。女達も必死であった。急ぎ、出陣の支度に立ち働いた。

　小姓達が出陣の時に出される熨斗あわび、勝ち栗などをあたふたと用意し、素焼きの土器に酒を注ぎ差しだした。ぐっと一息に呷ると、廊下目掛けて叩き付けた。

「いざ、出陣じゃ。法螺貝を吹け。我と共に戦うは付いて参れ」

　城内に残っていた重役、侍大将、一族、近習達が走り込んで部屋の周りに詰めていた。

　出陣と知り興奮した武者達を前に精一杯の落ち着きと決意を確かに知らせるように、やや芝居がかった表現で言い放った。

「馬を引けー　出陣ぞー」

　重い鎧を揺さぶりながら立ち上がった、疲れた頭に再び気力が漲《みなぎ》るのを感じながら、前に歩きだした。

「わーー」

　歓声と共に、周りに集まった侍達は、鎧具足を身に着けるため、戦の用意に走りだした。突然、爆発的な興奮の渦が、城内を駆け巡った。誰も彼もが戦に出ることを、何時の間にか迷う事無く心に堅く決めていた。

八

　上総介は馬に飛び乗ると、浮世の総てのしがらみを振り払うように走らせた。予てこの日が在ることを想定し昼となく夜となく馬を走らせた習練が今生きていた。熱田神宮目指して通い慣れた暗い闇に向かって必死に鞭を入れた。

　側に仕える近習や小姓達が最も素早く反応し、上総介に付いて馬で追った。岩室長門守、長谷川橋介、佐脇藤八、山口飛騨守、賀藤弥三郎ら騎馬五騎の若武者達であった。

　残された多くの将兵には最早組織も統制もない、勝手に自らの鎧具足、弓槍、鉄砲弾丸火薬を求め、兵糧、銭、わらじを求め城内を走り回った。城内で調達できぬ物は、家に取りに戻る者さえいた。用意ができた者から、上総介を追って熱田の宮に向かって、先ず徒歩の者が走りだした。

騎馬武者は徒士武者、旗、弓、鉄砲、槍持ち足軽や小者を呼び集めに手間取り出遅れた。恐怖や不安、損得勘定は消し飛び、上下の者共は興奮の坩堝《るつぼ》の中に飛び込んだ。

城内に不在であった武者達は鎧兜を身に付け馬を引きだし供の侍、足軽、小者を集め、弓槍鉄砲を持たせ、兵糧を持ち清須城に急いだ。しかし既に上総介は出陣した後であった、それどころか城内はもぬけの殻であらかた人数は出払っていた。留守居を務める林秀貞が城門の前で、遅れて参集してくる者達に指示を与えていた。事態を知った者達は驚き慌て我先に熱田の宮に向けて走った。

秀貞は城に残る兵を用い、蔵を開き銭、薬、弾丸火薬、弓矢、兵糧等を運びだして荷造りし、上総介を追って届けさせる為手配りに忙しかった。脇では侍大将や弓、槍奉行等は部下を集めに走り回り、人数、装備を確認し部隊を編成し、人数が整った処から順次送り出していた。

九

夜も明けかけた頃熱田の宮に着いた、神宮の広い庭に入ると、馬を下り側の木に手綱を結わえ付けた。追い付いてきた小姓がすかさず床机を社殿を背にして置いた。上総介は立ったまま、大声で命じた。

「手筈は整って居るか、用意の篝火《かがりび》を焚け！　追ってくる者達への目印じゃ…暫く追ってくる者を待つことに致す」

上総介に付き従った僅かの人数は篝火の用意や神宮の外に出て追い付いてくる軍兵の整理に当たった。遅ればせに追い付いてきた軍兵には、軍勢のまとまりなどは何処にもなく、まるで烏合の衆であった。

「槍隊は奥に入れ、弓隊は手前じゃ、騎馬の武者は右手へ、馬廻、近習の方は社殿近くへ行きなされ、鉄砲隊は真ん中じゃ」

小姓、近習達は馬上から、馬を降り徒歩になり声を嗄らして命じていた。

その頃になって、熱田神宮の神官達が慌てふためいて、上総介の前に挨拶に現れた。

「合戦じゃ、戦勝の祈願を致したい。頼むぞ」

「は、早速準備を致します。暫くお待ちを」

「急いで居る簡素で良いぞ、手早く運ぶようにの」

神官はすぐに下がっていった。


慎重な丹羽長秀がそっと近寄り囁いた。

「殿。手筈《てはず》通り、上首尾にいきましたな」

「安堵するは早いぞ、長秀。心を緩《ゆる》めてはならぬ、これからぞ」

派手な鎧具足に身を包み、目立つ馬の装束に大身の槍を小脇に抱え、佐々成政が周りを圧するように馬を近寄せてきた。

「殿、何故《なにゆえ》、総ての手勢を連れて来られぬのか。義元勢に比べても、我等の人数が寡勢である。それを一段と減らすは、合点が行かぬ」

「覚悟の者のみ連れて行くのじゃ。戦わぬ者はいらぬ。よいか、異論を申すでない」

「は、しかしこれでは、葬式みたいではござらぬか、負け戦に出て行くようじゃ。これでは意気も上がらぬ、何とか致さねば」

「貴方《そなた》が適役じゃ。皆の者を鼓舞して回れ、元気付けよ。大いに騒ぎ回れ」

「は……皆の衆元気を出せー。声が小さいぞー」

成政は所々で大声を掛けながら、馬を走らせていった。

上総介はその間にも、騎馬武者の使い番や乱波を務める豪族達の手の者などを各地に放った。丘や林の木陰、道路端にと目立たず身を潜める彼等は、東海道に近い位置に勢力を張り各種の商売を営む、水陸運送業、農業、商業などに携わる豪族達であった。

土地に住んでいるだけに、疑われる恐れは少なかった。集まりつつある軍勢への采配よりも、見えぬところで行なわれ手早く情報を集めるこの手配に多くの時間を割いた。

上総介は付き従う兵達の勇気を鼓舞するため、ともすれば萎《な》え掠《かす》れる声を一段と張り上げ、戦勝を祈る儀式を執り行なった。

型通り、神宮の社殿で祈願をし、勝利を鼓舞することに勉めた。付き従う者に、裏付けのない儀式であれ、少しでも明るい気持ちと僅かの希望であれ持てるようにと願った。この困難な時期、形勢の悪い自分に叛かず肩入れしてくれる荒くれ者達を、愛しく思わずには居れなかった。

追い付いてきた兵の数は上総介の秘かなる希望を越えて、付き従う者共は弐百名にのぼった。

十

最初に馳せ参じた徒士武者や足軽達は仮の隊列で整えられた。列の先頭に近い足軽達が南西の空を指差し騒ぎだした。

「あれは鷲津、丸根砦じゃないか」

側に集まった者皆が、指差す方向へ一斉に眼を遣った。二筋の煙が上がっていた、波紋は重く拡がった、誰も喋らなかった。その意味する所を、誰もが痛い程に知っていたからである。

家族、親類、懇意の者が、砦に詰めていた縁者達は瞑目しそっと手を合わせた。砦が落ちれば死を免れない事を皆が覚悟していた、とは言え身近な者の死を前にして悲しみに沈んだ。

左右にいて慰める者も、出だしの不幸に、不吉な予兆を感じ取っていた。

前途への大きな不安は一段と重く、伸し掛かってきた。

上総介とて、信頼し恃む重臣や一族、家臣と、多くの者達の死である。戦における死は惨《むご》たらしい、弓や鉄砲に撃たれ、槍で突かれ、囲まれ刀で切りつけられ、負けて倒された者の首は生きているうちに切り取られる。家族や身内、親しき懇意の者にとって悲しくないはずはない、しかし重い雰囲気に負けて一緒に悲しんでばかりも居れない。

むしろ、ここで勇気を引きだし、一段と覚悟を求めねばならない。

十一

薄暗い中で織田の軍勢は改めて隊列を整えると、熱田神宮から南に向かい、早朝の内に海際に沿って戦いのあった地に程近い丹下砦、善照寺砦、中島砦を目指した。さらに東海道を挟み護るように築かれている幾つかの出城の間を、身を隠すようにして更に南東に向けて東海道を進んだ。

この地は寝返った鳴海城の北と東と南の抑えを果たす役割を担っていた。この砦の北西には同じく寝返った戸部城もある。まだら模様に敵味方が入り組んでいる。油断のできぬ地である。お互いが監視し動きに神経質になっていた。

旗本や近習の若い武者達は先になり後になり、軍勢を統制し、将兵や回りの様子を詳しく伝えてくる。

「家中の侍達がようやく追い付いておりまする。手前が見たところ柴田権六殿、和田新介殿、織田造酒丞殿、浅野長勝殿、太田牛一殿、伊藤清蔵殿、堀田左内、孫七殿」

「御苦労であった。して様子はどうじゃ」

「意気盛んで、乱れを示す者はござりませぬ。今川の手の者も見かけませぬ」

「よし、確り見張れ」

清須城から追い付いてくる者もあり、他の城や砦から馳せ参じて来る武者や足軽達と、この頃になってようやく弐千名を数える程に膨らんでいた。通り道に当たる城からは、水や食べ物、矢玉、飼葉が渡され装備の補充がなされ、城将達も軍兵を引き連れ軍勢の中に加わっていた。今川方に動きを察知されぬように、隠密行動で丹下砦に近づいた。

十二

一方古い屋敷や遺跡などを援用し、急ごしらえの造りで貧弱な砦に陣取る兵らは死を覚悟して、守りを固めていた。

籠る人数は丹下、善照寺、中島の砦を併せても千名程度である、織田勢は総て集めても五千程度であり、動員できる人数は限られていた。

上総介は緊張溢れる戦場の地に忽然と現れた。

北にある丹下砦には水野帯刀、山口ゑびの丞、柘植玄播頭、真木与十郎、伴十左衛門尉始め三百四十名が守備する砦を今川方に見つからぬように、用心しながら、訪れた。護る兵らには驚きをもって迎えられた。多くの軍勢を見せ、砦の外ながら、一同を激励しつつも、先に進んだ。砦の内と外で手を振り、知り合いを見つけると健闘と無事を誓いあった。

鳴海城の東南で側にある善照寺砦には佐久間信盛、舎弟左京助始め四百五十名が、鳴海城の抑えの主力をなしていた。

善照寺砦では守将佐久間信盛が障害物を取り除きながら、急いで砦の背後から走り出て、坂を急いで登ってきた。

「殿ー！　この戦場に御出馬、有り難き事にござりまする」

「変わりはないか。援軍を連れて参った、安心致せ。粗末な砦なれど確り守ってくれよ、頼むぞ」

「心得てござる。お任せを」

「義元を通すな、くれぐれも頼むぞ」

「先に逝《い》った飯尾定宗殿、佐久間盛重殿や砦で命を落とした多くの者達の死を、無駄に見捨てては致さぬ」

「感謝致す。命を大切にの、そなたに皆の命を預けたぞ」

上総介は重臣の佐久間信盛に深く頭を垂れた。

南方川筋の中島砦には二百五十名が梶川平左衛門を将として、鷲津、丸根砦が失われた今、最初に今川の圧力を受ける最前線の砦に籠っていた。

死を覚悟しつつも押し寄せてくる今川方の朝比奈泰朝二千や松平元康（徳川家康）千らの優勢な諸部隊の動きや情勢が明らかになるにつれて、悲壮感、絶望感が募り始めていた。

その時予想もしない上総介の出現は、砦の兵達に泣きださんばかりに大喜びで迎えられた。

つい歓呼の大声が出た。兵は砦の外を見える場所に集まってきていた。梶川平左衛門が出てきて、上総介の出陣に感謝を述べた。

鷲津、丸根砦の戦いを間近に見ていた平左衛門に、戦の様子や朝比奈、松平勢の戦法などを聞き取った。

厳しい戦いとなろうが、善照寺砦とともに、力を合わせて今川勢をここで食い止めるよう述べた。

「今やこの砦が敵と向かいあっておる。大変な戦いとなろうがよろしく頼むぞ」

「佐久間殿　飯尾殿や砦に詰めていた者どもに、顔向けできぬ戦いは致さぬ所存。存分に戦いますぞ」

「砦の皆の命を、其方に預けたぞ。是非、砦を護り切り、皆の命を守るよう手を尽くしてくれ。手前もこれより、義元と一戦を交えん。宜しく頼むぞ」


織田の軍勢は砦に守られ、ようやく休憩を取った。熱田神宮を出てから殆ど休みもなく三里（十二キロ）程、今川の目を避けつつ強行してきた。皆が疲れていた、身に付けた僅かの兵糧を互いに分け合って食べていた。

上総介は途中で逃げ出しもせず、座り込み焼き飯や干飯、味噌などを頬張っている兵等を眺めた、ほっとする一瞬であった。

若い自分に味方し、不利な状況にも拘わらず命を賭けて付いてきてくれる、己だけの勝利ではないのだ。【皆に、生きて家に帰さねばならぬ、その為にも必ずや勝たねば…是非にも今川義元を尾張の地から追い出さねばならぬ】。周りを見回した、余に付いてきてくれる。胸のうちで感謝を込めて、見えぬ手を合わせた。


だがここで弱気は出せぬ、過酷な戦いの場だ。馬廻に命じ、激励し勇気を鼓舞する触れを言って回らせた。

背後の彼方に見える、寝返った鳴海城には今川の臣岡部元信が兵参千と共に、義元の到着を待って攻撃にでる時に備え、用意怠りなく籠っていた。

隠密行動とはいえ、鳴海城から放たれた今川方の乱波や探索の目は、織田の軍勢が現れたことを、確りその目に収めていた。

昼にも義元のもとに知らせが届くであろう。義元はこの刻限の知られた内容を受け取り　次を判断することになる。

馬廻近習達が大急ぎで隊列を整え、追い付いてきた人数を数え終わると、報告してきた。その中には丹下砦の兵も含まれていた。

「今のところ、参千程にござります。次々、追い付き加わっておりまするぞ」

「御苦労であった。参千、参千とな、おー、そんなに付いてきてくれたか」

その人数の多さに意外の感と感激でしばし心が満たされた。ここまで来たなら、織田に肩入れしてくれた侍共を必ず生きて帰さねばならぬ。上総介は一転して厳しい命を下した。

「隊列から離れ、去ろうとする者を許してはならぬ。軍律に照らし切って捨てよ。急ぎ触れ回れ」

触れは織田の苛烈な軍律を、皆に思い起こさせた。だが現実は厳しい、義元との決戦に使える兵数さえ寡勢であり、敵を迎え撃つ砦や出城に割ける人数は手元にはなかった。

【戦いは互いに数知れぬ手違いのなかで進められる、多様な動きのなかで間違いを少なく抑えた者達が生き延びる】

僅かの主従で上総介は善照寺砦の背後の小高い丘にいた、大きく地図を広げ、武将達の意見を聞いた。重臣の和田新介は、

「殿、ここを抜かれれば先は平らな地、最早防ぐ手立てもござりませぬぞ。この地こそ海と丘に挟まれた狭い通り道、守るに最適な場所でござる」

「判って居る。…鳴海には参千かの」

「将は油断のならぬ岡部でござる」

善照寺砦の背後から目を凝らして、先を見下ろしていた。形勢は鳴海

城を挟む形で其の南には中島砦があり、彼方南には今早暁今川軍により落とされ焼けただれた鷲津、丸根砦の残骸があった。鳴海城へ北からの抑えに丹下砦があり、近くの北側を鎌倉街道が通り、東海道とは南東部で丘陵地帯から平らな地に出て北西に向けて横断し、丹下砦や善照寺砦の北を通り伊勢湾に沿って北に抜けている。三つの砦は鳴海城を囲み二つの街道を押さえる形に配置されていた。何れの街道も狭いこの地を抜けねばならぬ。

東海道の西、海近く丘陵の端にある諏訪神社の南方には勝ち誇って次の攻撃のため矢玉や食料を補給し、休憩を取りつつ陣容を整える朝比奈泰朝勢弐千の動きさえ遠く見えていた。更に遠目には大高城の方角から新手の軍勢が海沿いにこちらに向かって来るのが、かすかに認められた。見る上総介は歯軋《はぎし》りした。

「今川の先手を叩きのめしてくれん。何処に陣を敷きどう戦うか、何か考えはあるか」

「ここで真正面から戦う積もりで御座るか」

織田酒造丞が慌てて、尋ねた。

「あの敵をけ散らしてくれん。ここで是非とも食い止めねばならぬ」

「お止め為され。今川の先陣と戦って勝ったとて、主力が後ろに控えておりますぞ。もし万が一負ければ、再び立ち上がることは出来ぬようになりまするる」

「敵を前にして逃げよと…、戦を避けて、下がれと申すのか」

「義元がここに着陣致せば、防ぎ切れぬは火を見るより明らかで御座る」

「ここまで出陣し敵を前に、どうせよと申すのか」

「既に気付かれて居るはず、…と手前は承知して居りまするが。今川の軍勢がここに集まる前に何処かで叩くしか、策は有りませぬぞ」

「他の者の考えはどうじゃ、聞かせてくれ」

「今戦場で向かい合っている人数でさえ、我勢が少ない。義元が着陣する前に叩くか、義元の着陣を妨げる策か何れかであろう」

　丹下砦の将はつねに向かい合って今川の圧力を知っているだけに、正面から戦う不利を示唆した。

「少ない人数で間違いなく野戦に勝つは難しい。既に義元は沓掛を出て、大高道をこちらに進んで居る頃じゃ。戦が始まれば、すぐに兵をこちらに差し向けよう」

　連枝衆の柘植与一が割り込んだ。

「敵の主力が集まる戦場で戦うは、愚で御座るよ。敵の整わぬ所を叩くべきと存ずる」

「目の前の敵を無視せよと申すのか」

「御意！　雑兵を相手にせず。大将は大将と戦いなされ」

　上総介は言葉に詰まった。

　そこへ両砦から落ち延びて善照寺に入っていた武者が呼び寄せられ、樹間を上がってきて上総介の前で頭を垂れた。

「苦労を掛けたの、体は恙《つつ》が無いか」

「は…支えられませなんだ、相済まぬ…合わす顔が…」

「粗末な砦でよう戦ってくれた。礼を申すぞ。もう一頑張りじゃ頼むぞ、善照寺をよろしく頼むぞ。早速じゃが話してくれ、鉄砲や飛び道具の数、攻め方と激しさ、人数を掻《か》い摘んで話せ」

武者は飛び道具の種類や数、敵将の闘う様子や戦法を詳しく語った。他に付け加えることは無いかと聞かれ武者は、

「丸根勢は砦から打って出て攻め申したが、松平の手の者が一段と激しく、死を怖れず力攻めに出て参りました。苦しき立場が透《す》けて見えまする」

「御苦労であった。休め、一息入れよ」

「は、殿も武運長久を」

死を賭けて貧しい造りの砦を守ろうとの姿に、手助けもままならず胸の奥で感謝しつつも、上総介は今川方の攻撃を堅く支えるよう強い言葉

で激励した。更に足りない軍勢の中から、善照寺砦には貴重である千程の手勢を割いて残す決断を下した。

ほんの目の前、手が届きそうな位置、丘の彼方にある鳴海城には軍装を整えた参千の今川の精鋭がいる。朝比奈と松平の軍勢が力を併せこれが動きだせば、善照寺砦と中島砦は一溜まりもなく、押し潰される。

南には朝比奈、松平で参千の兵が勝ち誇り戦場に居残り控え、後方には新手の軍兵さえ姿を現していた。


ここを早くに突破されると、東海道を辿《たど》り程なく熱田に届く、更に東海道に沿って北伊勢へと道を開かれる、さすれば義元に決戦を挑む機会が永久に失われる破目に陥る。義元が木曾三川に至れば、駿河の水軍に河口を塞がれ川舟による水運や商業活動が阻害され利益も奪われる、その時織田家は瓦解する。時間は残されて居らぬ、少しでもこの地に足留めさせねばならぬ、その間だけが決戦を挑む凝縮された乾坤一擲《けんこんいってき》の刻である。

　もしこの地に今川が全勢力を集め得て、突破を狙い犠牲を厭《いと》わず攻撃に出てくれれば、織田の全兵力を集めても防ぐことは不可能である。防備の為には、急造で粗末な砦しか残されていない、天然の守りも無く規模も小さく、多数の兵が入り長期の籠城などは不可能であった。

　上総介としては、大高、鳴海の二城こそが強大な今川を食い止める大事な守りの城であった、直に今川と向き合う最も重要な前線の城廓と兵力であった。だが、今や二つの城は今川方に寝返り織田の手元を離れ、織田を攻める楔として打ち込まれた形になっていた。さらに北には海に面した戸部城さえ今川に寝返っていた。二つの勢力は、相互に挟み挟まれた状況にあった。

　この状況では攻撃を一時的に食い止めても、今川勢が集まれば永くは持たない。今川の軍勢がこの戦場に集まる前に、それを阻《はば》み、その途中で打撃を与え、進撃を食い止めねばならぬ。諦めて領国に帰らせるには、今川義元を移動の途中で叩くしか、生き延びる手立てを見出せない。

鳴海の城に詰める軍勢がすぐにも攻勢に出る指示命令を持つのか、確かめる為に鳴海城攻めに三百を割いて、佐々隼人正、千秋四郎に岡部元信を攻撃させた、捨て駒としての死必然の攻撃であった。もし城将の岡部が軍勢を率い城から出て総攻撃に出てくるなら、織田の総力を挙げてここを防がねばならぬ、もし岡部が動かぬなら今度はこちらの仕掛けを為す刻を持てよう。

砦に入るも死は免れず、今川本陣との決戦に向かうも死は免れない、見送る者も先に進む者にも死だけが待っている。

お互いに激励し必勝を言い交わした、再び生きて会えないことを知りながら、それを胸に仕舞い込み静かにそこを離れた。

岡部は動かなかったしかし何時義元の命で攻撃に移るか判らぬ、許される最大の兵数を砦に残した。死を賭して守りを固め巨大な今川の圧力に立ちはだかり、上総介の勝利を助けるために死に往く者にできる最大の配慮、兵千の人数であった。

砦の背後に伏せ、東海道と鎌倉街道の抑えと鳴海城の手勢が大挙して攻め寄せた時に備え、脇から挟み撃ちに攻め崩す手配をしてその場を離れた。

一方義元本陣の在りかと動きについての確かな知らせはなかった、それが一番の気掛かりであった。今川の軍勢を食い止める成否はその一点に掛かっている。

善照寺砦の西は海辺である、海岸に追い込まれれば全滅となる。南へ向かうと今川軍の主力と真正面からぶつかる、それでは見す見す負けて死に往く様なものである。残された手は砦に守られた背後の道を辿り、今川の物見が近付かぬ道を取って、一刻も早く今川の目から姿を隠しつつも、義元のいる大高道に近付くことにある。

再び弐千名ばかりの兵を率い、土煙で見つかることを避け濡れた地を選び、川沿いや丘陵、狭間が続く一帯を東側へ巻いて東海道の北東側の丘に隠れた鎌倉街道沿いに、義元が出た後の沓掛城に向かって鳴海（緑区鳴子）の丘陵部に上っていった。

織田家特有の長い槍は木々の間や、細く曲がりくねった道には持ちにくい、二本の槍を二人で前後で持ち何とかすり抜けた。

物見の侍はゆく先々を調べ歩き、今川方の物見を見つけだし、行方を遮り、討ち倒した。馬も今川方に戻らぬよう苦心した。

主のいない馬だけが戻れば、異変を察知される。

馬は賢い動物である、道を覚え飼われている馬小屋に戻っていく。

間道とはいえ道が交わる地点では、大勢の軍兵が通れば、道の状況は一変する、踏みしめられ荒れた道はすぐ知れてしまう。

旗本らは馬を下り、枝で地面をなでつけ、枯れ草などで偽装した。

この道が最も発見されずに、近くまで軍勢を進める得る数少ない打つ手の一つである。だが危険に満ちた綱渡りであることは、紛《まぎ》れもない事実であった、だが義元本陣の後方右横から付け狙う位置を取れる。守るに困難で、攻め手に好都合な位置取りである。

六田から平手（緑区）の東側は小高い丘が連なる、この辺りは東海道から低い丘で遮られ視界は利かない。一度低く平らな地を通り、再び小高くなった横吹あたりの森の中（ゴルフ場　鳴海ＣＣ）に身を隠した。

織田勢は今川の目から、忽然《こつぜん》と消えた。

十三

この丘に辿り着く途上、前後左右に物見を放ち、合わせて土地の住民から今川の軍兵や物見の騎馬が通らなかった事を確認し、鎌倉街道の北に位置すれば、今川方の待ち伏せや不意打ちを食らわずに済む。ここで豪族達を集め、一族一党の内で耳寄りな知らせが有るか確認し、意見を聞きただした。更に今川方で、見かけた人数の有無や将の名前、部隊の内容などを豪族達の縁《ゆかり》の有る者に聞くため人数を送り出した。

馬廻の生駒勝介が上総介の側に馬を寄せて囁いた。

「殿、手前より申したき事が！」

「何か良き考えか、申せ」

「物見の武者では目立ち過ぎますぞ、今川方に知られやすい。この地に住まいする者や勢力を張る面々が徒歩で雑草や木の陰に隠れ見届けるが、今川方に知れぬでござろう。詳しき知らせを早く得られましょう。我等に任せられよ」

「よーぉし、許す。早速放て」

「おう、お任せあれ」

「義元が本陣の在りかを、早く報告致せ。それが、この度の戦の一番手柄じゃ」

　上総介は皆の顔を代わる代わる確り見ながら、一語一語はっきりと述べた。

　土地の詳細を知る、諸豪族達は弾かれたように立ち上がると、蜘蛛の子を散らすように、間道や隠された裏道を求め、薮の中に飛び込んでいった。土地の状況に精通した彼等は間道や見付けにくい細道、畦道を利用して、一族や知り合いの隠れ場所へ訪ねていった。狙いは義元勢本陣の動きである、同様に物見も目を凝らし隠れるように行動していた。

　この鳴子の丘から西へ東海道と大高の街道が交わる地点を見渡すと、

一度下った彼方の丘に今川軍兵の居場所を遥かに望め、半里強（三キロ）と離れず横に並ぶ位置となる。小高い丘や高い木によじ登ると、遠くかすかに上がる砂煙が望まれた。

数条の砂煙が一定の距離を置いて整然と進んでいる事を示していた。大勢の兵の前進や大量の荷を運ぶ人夫や馬、連絡に走り回る騎馬の砂煙で位置を確認することは容易である。だが目指す義元が、どの行列集団の中に居るかは不明である。間違えると義元を取り逃す、そうすれば一層用心深くなり、付け狙い襲う機会を失うだろう。巨大な列は大高道を、東海道に向けて進んでいることを示していた。


やがて激しい雨が落ちてきた。雨に濡れた鎧や具足は水を吸って重くなり、動きを妨げる。

間道や裏道は細く、濡れた枝にはじかれ、被さる幹や枝から雨水が襟元に落ち込んでくる。雨に叩かれ気持ちは一層重くなり、意気は沈み込む。今川方の探索の目を逃れ、森林の細い間道を抜け丘を上り下りする進軍は気持ちをより滅入らせていた。未だ決定的な情報はもたらされていなかった。

十四

刻を巻き戻し、沓掛城で今川方は鷲津、丸根砦への攻撃や新たな策の指示、織田方の動きや戦況の報告、各種の連絡や準備、後詰めの配置、兵糧の手配り、大高城へ兵糧の運び込みと夜も昼と異らぬ多忙で殺気だった時間を過ごしていた。

同時に今川義元を守り、中枢となる本陣の早朝出立《しゅったつ》の準備にも追われていた。総大将の義元始め、帷幕《いばく》をなす重臣、一族衆、有力な武将達も寝ずの準備に追われていた。危険な戦の初日である、思いも懸けぬ何が出来《しゅったい》するか予測もできない。

主従皆が戦を前にして、興奮の渦の中にいた。早くも真夜中に近い刻に、出立の準備が出来た街道を守る小さな部隊から城を離れて移動が始まった。物見の騎馬武者達は駿府を出てから一刻の休みもなく動いていた、特に尾張に入った前日からは一層厳重な警戒となり、夜を徹して安全の確保と織田の動きを捉えるべく走り回っていた。

夜の明ける前、順次進発の手配通り一定の間隔を空け、城を後にして本陣も進みだした。大軍である五千の軍兵には主な武将が付き従い多勢の騎馬武者が含まれる、その上多数の荷を伴う小荷駄隊までが従う。先陣を務める戦闘を主な目的とした軍団とは趣を多いに異にしていた。致し方ないとは言え、戦に慣れぬ人夫が多数従い、人数も二万と本陣軍勢の四倍と膨らみ動きが悪いのである、状況の激変に対する動きに欠けた構成と成らざるを得なかった。

何れの大名の遠征でも、小荷駄隊は軍勢の数とほぼ同数になる。戦には多くの日数分、多くの兵や人足分の兵糧、食料を焚いたり料理する賄い人、鍋窯、竈つくり、薪の類。槍、弓矢、弾薬、幕、旗、雨の時に着る油紙、着替え、何万足もの草履、食器、紙硯、薬焼酎など数限りない生活用品が必要である。

人が生活する品は膨大である。軍勢とそれに荷を運ぶ二万人が上乗せされれば、巨大な量と種類が馬の背で運ばれる、一頭の馬が運べる量は限られる。多くの人夫と馬が集められた。道が悪ければ通れず回り道を強いられた、転倒や脱落もある、急坂なら兵が前から引き、後ろから押し上げるなど、道は捗らない。長い品は、道が狭ければ、足軽が担いで運んだり、つかえて中々先に進めない。河を渡るに橋が無かったり、深さや流れの強さ、川底の状態も分からず転んだり、落とすなど対岸に運ぶのは困窮する。

この難渋を敵に見透かされ、襲われたり、荷物が強奪される。

この足手纏いの小荷駄隊を大勢で守らなければならない。二万頭の馬の列が長い時間をかけて移動する。気の遠くなるような作業である。時間がかかれば、用を足す時間と場所の確保と設営も必要となる。馬糞も放置され、放尿も所嫌わず撒き散らす。想像を絶する混乱に巻き込まれていた。

これも戦における手配りの対象となる。乙名の重臣がこれに当たる、尋常じゃない緻密な記憶力、調整と指導、強い統制を強いる能力などが要求される。

気の利いた騎馬の兵と地上で命じ、指示を守らせる徒士や、足軽も多数必要である。彼らには敵の襲撃から人夫と荷物を護る義務も与えられている。

必要な品は素早く探し出し、要求に応じなければならない。とくに大将義元の要求であれば、小荷駄隊を止めて即刻対応する。

戦の軍団に遅れぬように、付かず離れず付いていかねばならぬ。戦の邪魔は許されぬ、目立たぬながら困難で重要な役目を背負っていた。

義元本陣でも思い通りに事が運ばず、常に焦りと混乱に向き合っていた。

今川方とすれば、彼我の兵力の大差が安心感をもたらしていた。誰が見ても兵力数を考えれば、手配通り事態が進むと見なしていた。

本陣に知らされる戦いは順調に進んでいた、丸根砦からは守兵が砦から打って出たとは言え、鷲津砦には激しく攻め立て織田の兵を粗末な砦に釘付けにし、激しい戦いを交えている状況が知らされていた。戦が始まり、行軍の将兵達も奮い立ってきた、いつもの戦の雰囲気が漂い、心身とも戦う軍団に変身し始めていた。皆の顔付きさえ厳しく変わってきた。

軍団は遅れているとはいえ、何事も無く進んでいた。砦攻めは思いの外手強い抵抗にあっており、厳しく攻めるように、督戦した事を除くと憂慮すべき事態は何処にも見当たらなかった。

突然、物見の騎馬武者が飛び込んできた、

「殿。鷲津、丸根砦の方角に煙が上がりましてござります。ご覧あれ」と進行方向である西北西の明るくなった空を指差した。周りの将兵達も一斉に彼方を見た。

「おおー」

と口々に歓声が上がった。戦の帰趨が明らかになった事を示していた、今川の将兵は誰一人勝利を疑わなかった。軍勢は愈々意気盛んとなり、気持ちも足並みも揃い勇気に溢れていた、だが敵地に入り街道の警戒と小荷駄隊を連れている為、歩みだけは遅々として思いのほか捗《はかど》らなかった。一刻もすると攻め手の朝比奈泰朝から勝利を知らす騎馬武者が勇躍走り込んできた。

「殿！　お喜び下され。鷲津、丸根の砦を落としましてござります。織田方の多数の首級を挙げてござる、いま砦は紅蓮の焔の中で燃え落ちて居ります。緒戦の勝ち戦、祝着にござります。朝比奈殿、松平殿天晴な御働きにござりました」

「うん。御苦労であった。落ちたは煙にて承知いたして居る。たかが急ごしらえの小さき砦、喜び過ぎるでない。落ち着いて話せ」

「は。至りませなんだ。朝比奈殿力攻めに次ぐ力攻めを繰り返しましたるところ、ようやく砦に押し込み火を懸け落としましてございます。砦から落ち延びた敵は、近くの中島、善照寺の砦に入りましてござる」

「それで織田の戦い振りはどうじゃ。数百程の人数、整わぬ砦の割りには痛く手間取ったの。織田は侮《あなど》れぬか」

「砦というには余りに粗末な造りではござりまするが、織田も必死ですさまじく我等も手を焼き、命を落とす者や手負いと成る者数知れず。特に鉄砲が多く、撃ち倒されてござります。その勢いに何度か押し返され、なかなか砦に近付けませなんだ。

　松平元康殿が激しい矢玉の下で押し戻し、砦に取り付き形勢も逆転いたした。朝比奈泰朝殿も力攻めに出て小勢の敵を打ち破りましたが、砦とは名ばかり、粗末な砦に依って敵ながら勇戦致しましてござる。なか々侮れませぬ」

　そこへ次の知らせがもたらされた。

「殿、敵将の首級を挙げ、砦は我が手中に収めましてござります。手負いの落ち武者を追って仕留めております。怪我の武者には手当てを施し、一息入れておりまする。朝比奈殿から御祝いをお知らせよと…」

「確かに聞いた。して戦の状況を話せ」

「人数の少なき砦なれど、我等にも手負い、落命した者共が多くなりましてござる。多数の種子島にてこずらされ、思いの外手強き手勢でござりました。鉄砲にて朝比奈親徳殿は御落命されました。何度も何度も激しくせめぎあう戦でござった」

「御苦労であったの、朝比奈泰朝殿には衷心からのお悔やみを…手厚く扱うての…戦の習いとは言え悲しい事じゃ、無念さは織田に向けて弔い合戦と致せ。ここは戦場じゃ、今は周りを固めしばし一息入れよと伝えよ。松平元康殿には、大高城の鵜殿長照殿に替わり、城に詰め一休み致せと伝えよ。くどいようじゃが、織田は尾張を統一して勢いに乗っておる、油断致すな。

鵜殿長照殿は手勢を率い、朝比奈勢の前に出て鳴海城を前より支え併せて中島砦の動きを押さえよ。くれぐれも甘く見て、軽んじるでないぞ。堤防も蟻の一穴が全ての崩れともなろう、心して、充分用心致せ！」

「は！　承知致しましてござる」

「勝ち戦、御苦労であった。改めて感状、褒美を遣わす。充分用心し守りを固めよと、伝えよ。鳴海の岡部元信殿には城より打って出てはならぬ、守りを固めるよう伝えよ。後の始末は戦に勝ちを収めてからじゃ、すぐにも後詰めにまいる。勝ち戦、祝着至極であった、家の誉れ、我が今川家の柱臣である。これからも一層励む事を望んで居る。そう伝えよ」

「は、御心お伝え申す。織田の手強さは戦った我等が一番承知。くどく伝えまする。では御免」

伝令役の武者数人が指示を伝えに、馬に飛び乗ると幾つかの方向に向けて走り去った。

上総介は森の中で、義元の動静の知らせを待っていた。焦る気持ちを抑えるように、繰り返した戦の修練の場を反芻《はんすう》していた。負けて戦場から逃れた役割を演じた時のことを、思い出していた。ほぼ一里逃げおおせば、追手もばらばらになり、追うのを諦める。一度の戦で負けても、素早く戦場を逃れれば、待ち伏せや反撃も可能となる。戦場はほぼ一里の範囲で行われる。今、今川勢との距離は一里弱程である。

一度の戦いで、破滅を避けるべき策をしきりに案じていた。今、攻めるにも敵に届き、守るにも安全でかつ一番近い位置取りにある。

上総介は今川勢との距離を胸中で測っていた。

十五

今川の軍勢は鎌倉街道を沓掛の地で離れ、大高道を更に西に進み東海道近くまで来ていた。この頃より今川勢、特にその本陣の動きが僅かながら伝わってきた。それは今川方に、上総介の居場所が知れる恐れも高まっていた。

義元も又、上総介のいる場所を必死に探索していた。こんな近くに早くも上総介が出張って来ているとは、予想もしていないであろう。

上総介が丘や立ち木の障害物に遮られているとはいえ、備えの薄い右脇腹を後方より狙える位置で、しかも直線距離とすれば半里強程離れた目と鼻の先にいることを知ったならば、腰を抜かさんばかりに吃驚《びっくり》するであろう。

上総介は激しく変わり始めた西の空を見ながら、胸の奥で情報を整理し推し測っていた。

大高道の先、海上で黒雲が湧き出、急に暗くなり始めた、これから起こる惨劇を予感させるような空模様となっていた。

「敵の所在が分かるまでは、こちらの居場所を発見されることを避けねばならぬ。もし義元にこちらの存在が知れたなら、主力を挙げての総攻撃を受ける、そうなれば万事休すとなろう。総崩れの憂き目となれば、全ては水泡に帰すかもしれぬ」

気心の知れた馬廻に、そっと語って聞かせた。上総介と共に戦ってきた武者は、戦い慣れて動じなかった。上総介を確りと見返しながら、

「覚悟の上でござる。手前は一緒にあの世とやらにお供致す。今までも、少ない兵で辛い戦を勝ってきたではござりませぬか、…しかし今川方に先に見つかる事だけは、避けねばなりませぬな」

目立たぬように旗を巻いて伏せ、馬にははみを噛ませ林の中に繋ぎ、

将らも馬を降りて姿を隠し、今川方の物見や探索達の目を逃れようと苦心しながら、義元本陣発見の知らせを待った。

季節外れの暑い中で汗と雨を吸った鎧は体に一段と重く肩に食い込む、雨は体を冷やし気分を滅入らせる。織田の軍勢は出来うる限り音を立てず、何時までも静かに待ち続けた。


もし今川勢がこちらに気付き、その軍勢が動き出せば、退き道《の》は鎌倉街道や東海道では待ち伏せや、挟み撃ちの恐れがある。

この二街道は避けねばならぬ。未だ今川の手が及んでおらぬ天白村を通りこの辺りで一段と高い八事山に陣を敷き、戦わねばなるまい。

この森の中の戦いでは、鉄砲も長い槍も威力は半減する。人数の多い方が強い。ここで戦うは避けねばならぬ。

朝比奈勢、松平勢で約三千、岡部勢が三千併せて六千、義元本陣には五千の兵で、二方から攻められれば八事興正寺のみで城のない山では防ぎきれまい。

　これが最後の戦いとなるやもしれぬ…。

　この形勢だけは避けねばならぬ…。取り敢えず、急ぎ、八事への道に小勢の兵を送り出した。

　更に善照寺砦近くに伏せ勢として残した千の軍勢と近くの砦の軍勢を合わせると二千弱の勢力となる。

「もし朝比奈勢と松平勢が、持ち場を離れ、鳴海城の岡部元信勢が城を離れ大挙して八事山方面に急行いたさば、砦を離れ伏せ勢と共に背後を衝け。

　今川勢が挟み撃ちを狙うならば、今度は織田勢がさらに今川勢を挟み撃ちにする。挟み撃ちに至さば、数の不利を補え様。

　背後より襲えば、今川方を混乱に陥れ、勝つ事も出来よう。戦況の逆転も図れるかもしれぬ。さすれば、八事山から逆落としに、蹴散らしてくれん。義元のいない軍勢と戦うのは、易かろう。眼にもの見せてくれん」

　急ぎ気の利いた旗本を使いに送り出した。

　今一度、今川方が考える策を思案した。

「義元はこの機に、大高城に小荷駄隊を急ぎ送り込むことを、考えるであろう。八事山に出張ってこぬかも知れぬ、もっけの幸いじゃ。義元のいない今川方なら、動きや判断も遅れるであろう」


「今一度、詳しき知らせが、必要じゃ」


「まだか！　知らせは来ぬか」

「八方手を尽くして、探索しております。今暫く」

　夜半清洲城出陣からの疲れと雨にも晒され、上総介の顔にも焦燥が色濃く浮かんでいた。焦るなと自分に言い聞かせるが、つい怒鳴ってしまう、こらえようとしてこらえ切れなかった。

気を使った将や馬廻から新しき策の具申があった、

「殿、義元が出て守りの手薄な沓掛城を奪い退路を断ち慌てさせれば、今川も進撃の気勢をそがれ、駿河に引き上げるであろう」

「城攻めは手間暇が掛かる、短き刻限で落城を計れる策でもあるかの、今は敵も油断はして居るまい」

「殿、遅れて進む敵の小荷駄隊を襲い。兵糧を奪えば、敵も戦を続けられまいぞ」

「僅かに足を遅らせる。しかし遅らせるのみじゃ。大きな打撃とはなるまい。他に良き策はないのか」

「秘かに待ち伏せて、一泡吹かせては如何であろうか」

「いずこで待ち伏せを行なうというのじゃ。叶わぬ話はするでない」

「ここで無為に刻を過ごし、今川を遣り過し捉える機会を逃せば何と致す。今一度善照寺砦に戻り、今川の正面に立ちはだかり潔く戦おうではござらぬか」

「正面から戦って勝てる相手ではない。余りに大敵ゆえ困窮して居るのじゃ。負ければ全てを失う…焦るでない、良き知らせを待つのじゃ」

決め手となる妙案もなく、何れにも決断出来なかった。

「動くな、音を立てるな、物見に知られぬようにせよ」

却《いたっ》て要らぬ命令まで出してしまう。その度に馬廻は伝えて回る破目になる。だが反省も永くは持たない。


織田の家中であった勝手知ったる者は今川方に見つかることなく、間道を抜け行進の途次で、上総介に追い付き織田家に帰参を願い出た。毛利河内、毛利十郎、魚住隼人らは敵の首を持って参陣してきた。上総介も喜び並み居る将や兵達に少しでも明るい望みを持てるよう、彼らを呼び寄せた。

「兄弟でよう戻ってきたの、いらぬ刃傷沙汰をしおって。いや、敵の首を手土産とは天晴な心掛け、他の者にも帰参を許そうぞ。積もる話もあろうが、今は今川方の様子を話してくれ」

側にいて何とか皆の気持ちを引き立てたいと、気をもんでいた権六勝家は透《すか》さず口を挟んだ。

「敵の首持参とは、幸先がよい。いや目出度い目出度い。でかした、いや目出度い」

大声を張り上げ、周りにいる武者達に聞かせ大いに盛り上げようとした。頭痛の種の帰参も叶い、面目も回復し喜びもひとしおであった。自分の喜びとも重なり、つい大きな声になっていた。

「は、有り難き御許し、今までにも増して奉公相勉めまする。敵は鷲津、丸根を落とし、鳴海城へ入らんとして川を渡るに邪魔な中島砦を攻める用意を致しており。朝比奈泰朝勢二千が鳴海の後詰めをなしておりまするが、扇川に兵を集めすぐ攻め掛かる気配は見られませぬ。諏訪神社近くの丘より確かめて参りました」

「敵に怪しまれず、よくぞそこまで近付けたの」

「木や草の陰に身を隠せば、いと易き事で御座るよ」

「その大きな体では、どの様に隠れても敵からは丸見えじゃ！」

「見つかれば、この槍で突き伏せるだけじゃ」

大身の槍を高く差し上げた。周りで遣り取りを聞いていた者達は一斉に笑った。

暗い状況の中、僅かに救いをもたらした。そこに中川金右衛門が布に包んだ首を槍の穂先に結わえて現れると、生首を差し出した。

「おう！　そなたは金右衛門。よう戻ってきたよう戻ってきた、こんな時によう来てくれた。何も言わなくてもよいぞ。許す。大いに働いてくれ」

「勝手なる暇、お許し下され。これを、御前に」

片膝を突いて血で赤く染まった布に包んだ首を差しだした。小姓が素早く近寄り受け取った。首級は高く掲げられ、皆に示された。

並み居る重臣達も、口々にほめそやしたり元気に明るく振る舞った、言葉が弾むように飛び交うようになってきた。

　帰参した者たちとの交流は厳しく辛い合戦の合間、一刻の心和む寸時であった。一方的な負け戦のなかで、一人の戦いであれ勝ちを持ち込み、心強さをもたらす古い仲間との再会の喜び、そして合戦へ意気が盛り上がる僅かな刻でもあった。

十六

同じ刻、今川義元は大高道と東海道の交わる地点に近付いていた、多くの人数であり行列の後も先も見通せない、断続的に続く長い一本の列となっていた。織田の勢力圏であり敵地である、時刻も既に昼食の頃合を迎えていた、隙を見せれば何時反撃を食うか予測が付かない。上総介が鳴海城近くに現れたとの知らせもあり、西には南北に連なる東海道、西側に伸びる大高道からの来襲に備えて、一部の軍勢を守りに当て、兵等を街道筋で歩みを止め昼食を取らせることにした。こうすれば、どちらの街道筋から襲われても、総大将の義元までは厚い防護の人垣が居る。その上で、旗本を中心とした小勢で北西に向けて大将ケ根に陣を敷いた。

この地域は北に鎌倉街道、中に東海道があり、大高道が南東部で交差し西へ抜け南に位置する、その後三つの街道はほぼ並行して西北に伸びている。北の鎌倉街道は善照寺砦と沓掛城を直に結び、今留まっているこの場所とは離れ直に繋がっていない。

「御館様、手前に先手をお任せを。東海道を先に進み、もし織田の手勢が現れたとしても遮り、打ち破りましょうぞ」

馬廻の武将が義元に名乗り出た。

「よし！　織田の手勢は多くて二千程度であろうか、遮るに三百もあれば良かろう。敵が現れたなら先ず知らせよ、ではすぐに行け」

義元は脇の旗本達を振り向くと、

「急ぎ大高城へ使いを出せ。街道を固めよ」と命じた。指示は次々と発せられ、物見や伝令の騎馬武者が四方八方に馬を走らせた。

次いで、長い行列となり分散している兵を集め、旗本の回りを固めようとした。

敵地での移動は困難で危険が伴う、騎馬が走り回り、命令や指示の類も多くなる。重臣や旗本達の心配をよそに、詳しい事情を知らぬ下級の侍や足軽、かき集められた荷駄を運ぶ人夫達は戦勝の報もあり、近来になく暑い天候による疲れも重なり緊張も緩んでいた。彼等は今日の行く先は鳴海か大高か、次ぎに攻めるのは中島砦か善照寺砦かと話はそこに集中していた。多くの将兵の関心や注意はその点に集まり、二千や三千の織田勢では討って出てはくるまいと高を括っていた。

大将を務める武将や旗本はそれを危ぶみ、引き締めようとするが、一度緩んだ綱は簡単には堅く締め上げられなかった。言葉だけが繰り返し伝えられ、繰り返される毎に慣れて、一層のんびりした気分を誘っていく。

痛みを味わっていない者は、痛みを思いださない。痛みは、戦場で手酷《ひど》い反撃を受けた者達だけが思いだしていた、本気で用心し織田を侮らなかった。

上総介が出陣してきたとすれば、軽率に他の砦攻撃を控え、本陣が後詰めで到着し万全を期すべきと、その考えを帷幕に居る総大将義元に伝えてきていた。

　雨と風は季節外れの天候となり、人々を驚かせた。

　馬は賢く人にも慣れ従順である、半面で馬には攻撃できる、大きな牙や鋭い爪はない。逃げるのみである。

　安全は人に頼る、もし行く先に熊がいれば立ち止まり、動かない。それだけ周りの状況には敏感に反応する。二万の馬がいれば、恐れて暴れる馬も出てくる。一頭が騒ぎ出せば、近くの馬も落ち着きをなくす。人夫は馬の口輪を掴み、馬の首を抱え込み落ち着かせようとした。（当時の馬は小柄であり、乗せる荷も少ない）

　騒ぎは数か所で起こった。一頭でも騒ぎを起こせば、動きは止まる。

　軍勢と動きを合わせるのは、困難となる。今川勢もそれに合わせ、遅くなる。狭い道は態勢を立て直すには、容易ではない。

　騒ぎは義元の下にも知らされる。叱っても事態はよくならない。

強い雨風と馬の騒ぎは、人にも不安をもたらしていた。

義元は幔幕を張らせた帷幕内に付き従う主な諸将を急ぎ集めた。

「予て調べ懸念していたのじゃが、痛く頑強に抵抗を致して居る。粗末な、砦とは言えぬ依り所で多数の我等を前にして、逃げ散ることなく最後まで戦うとは…恐るべき敵じゃの。思うた以上の強敵じゃ、努努《ゆめゆめ》油断はならぬぞ」

一族の関口氏純は透かさず、

「御館様、不意の戦いに備えて、急ぎ陣構えを変えねばなりませぬぞ」

重臣の松井宗信も口を揃えて、

「想像以上の敵じゃ、数が少ないと言えども侮っては足元をすくわれかねぬ。この長き行列を襲われては支え切れぬ、関口殿が言われるごとく、すぐにも陣変えを」

他の重臣からも、

「危険な方角は大高道と東海道じゃ、鳴海城の周りには砦や城が、繋がる東海道に向けて一段と備えを。我等が大高道へ進んだ後、東海道を用い背後からの来襲を防ぐ手立ても講じておかねばなりませぬぞ」

馬廻を率いる武将は、

「大殿　手前も同じでござる。予測を超える強敵とお見受け致す。軽く見るは危のうござる、戦いに応じる陣立てを」

「他に意見はあるか…、同じ考えじゃな。街道の前後四方向に備えねば…、熱田から連なる街道と背後の沓掛への道に備えを致そう…何、西にも備えよと言うのじゃな。馬廻の一手は東へ、背後の大高道を固めよ。西に向けて陣変え致す。荷駄は後ろに下げよ」

「は、某《それがし》が殿軍を相務めまする」

件《くだん》の馬廻の武者は馬首を巡らすと、馬廻十騎と軍勢を連れ後方に馬を走らせた。義元は尚も命令を下す。

「更に馬廻二十騎を付けて出せ。槍奉行は前に出て陣を構えよ。その後方に弓と鉄砲を並べる。早く掛かれ」

　指示を受けて武将や武者達は素早く反応し、持ち場に向かった。季節外れの猛暑に少しの雨は体に一服の清涼剤であった、しかし急に風雨が激しく吹き荒れてきた。余りの激しさに、最早戦勝気分は消し飛んでいた。轟轟《ごうごう》たる強風が吹き荒れ、天変地異が起こるのかと兵等を恐れおののかせた。

　急ぎ陣変えが始まった、多くの戦場を駆け巡った経験豊富な将兵達の心にも、不安の気持ちが漣《さざなみ》だってきた。

　名のある武将達も落ち着きを失い不安が募りだした、人々の雰囲気を感じ取った馬達も騒ぎ出してきた。その様子を見る兵等は益々不安に突き動かされた。些細な事でいさかい、慌てた行動に出て粗相し、喧騒はより大きくなった、騒ぎは義元の耳にさえ届くほどであった。

　この頃、小荷駄隊でも数か所で馬が暴れだし、馬を抑え落ち着きを取り戻すことに、将兵は苦慮していた。

細い道に軍勢と二万頭の馬が長蛇の列となり、ひしめいていた。ここに早馬や先を急ぐ旗本や情勢を伝える騎馬の兵が行き来する。それぞれが自分の役目を優先し、我意を言い張る、お互いが譲らない。馬が暴れると、何れも通れない。混乱は広がっていく、誰も騒ぎを抑えることはできず、強く指示し従わせる者もいない。

その様子を見ていた総大将義元は、皆を落ち着かすため一計を案じた。

「皆の者が落ち着きをなくして居るようじゃ、心を静めねばならぬ。……誰ぞ謡いを謡うて呉れぬか。本陣が落ち着いている所を示せば、余に習い皆も落ち着こう」

謡いは二、三番程続けられた。尚も義元は命令を下す。

「陣を組んだまま、大高城の北へ押し出すことに致そう。このまま鵜殿長照、朝比奈泰朝の後詰めとして鷲津砦へ参るぞ」

これからの手配りについて、多くの命令を次々と下した。この度の遠征で、かくも大軍を率いるのは義元も始めての経験であった。これだけの大軍を統制する困難は、多くの武将や旗本達も同様であった、移動だけでも混乱し統率に苦労し、走り回っていた。

激しい風雨の中、狭い場所での陣変えさえ加わって、尚更対応に苦慮していた。

その後も風雨は激しく吹き荒れた、義元は尾張出の武者を呼び寄せ、背後の小高い丘や森林を指差し、

「ここには間違いなく道は無いのじゃな」

と危惧を感じ駄目押しした。探索に当たる者を束ねる将も横に並び、交々《こもごも》答えた。

「ここは土地の者が野の草や焚き木を採りに入る程の、道とも言えぬ人一人がやっと通れる細き道と心得ております。

よその土地の者が入って、簡単に通り抜けられる道ではございませぬ。細かく枝分かれしておりますゆえ、中に入れば方向を見失い、急な坂も

ございます、軍勢がたやすく通るは無理でござる」

「左様、我等も一度入り申したが、通りかかった土地の者に聞いてほうほうの体で帰り着き申した」

「織田の動きは掴めて居るか」

「掴めておりませぬ。善照寺の砦に織田が兵を率いて出てきたとの、乱波共の知らせがございましたが、東海道近くで動きを見失っております。手前共の探索の者を遮って居る様子で、充分な知らせが集まりませぬ。かなり用心深く手を打っているやに見受けられまする。充分用心なされまするよう」

「東海道じゃな」

「御意。……鎌倉……街道は回り道をしませぬと、この地には」

「西に備えれば良いのじゃな」

「ここに全ての軍勢で陣を敷く広い地はございませぬ、街道筋に備えるが良いかと」

「西に向けて、一段と陣を固めよ」

目の前には東海道が南北に伸びている、大高道は東西を繋ぎ、交差する地点は僅か左方に見えている。織田方が街道の何れかを取って、攻めよせても、素早く対応できる絶好の陣場であった。しかも見下ろす位置にある。

大高道の背後で従う軍勢から分散している兵を集め、義元の周りに集結させようとするが、風雨の激しさは焦りを呼ぶのみでなかなか手配りは捗らなかった。

勇猛な武田と争いそして手を結び、強大な北条との戦いで鍛えられた俊秀な今川の将等は迎え撃つ準備を着々整え、掻き集めた弐千の人数で陣立てを丘の麓に向けて漸く構えた。大高城方向に居る兵はそのままにして先を急ぐ、他の街道の三方向に夫々の状況に合わせて守りの手勢を配置した。激しい風雨の中、走って新しい陣場に移り、得物を手に何時でも来いと気持ちが立ち直ると、落ち着きも出てきた。

補佐する旗本たちは、ほっと安堵した。


やがて激しかった風雨も治まり、将兵達の焦眉《しょうび》の念も薄れ、ほっとした安堵感が拡がると自信も取り戻していた。

もし上総介が攻めてきたなら、一気に踏み潰してくれんと軽口も出てきた。激しい暴風雨とその下での慌ただしい陣変えと続き、酷《ひど》く驚かされた反動もあって、自棄気味に盛り上がりやつけてしまえと本気に成りかけていた。

兵力差は大きく大人と子供程である、よもや負けるとは今川の将兵には考えられなかった。だが大軍の陣変えは大変な作業である、行列は崩れ孤立し連絡も途切れ、目の届かない周辺では無為な時間と混乱は何時までも続いていた。

今川の軍勢は各所で立ち往生していた、人数も多く長期遠征での生活や旅の道具、儀式の為の道具や各種の贈り物、銭、兵糧、矢玉、旗、幔幕、予備の槍や弓、義元の趣味の物や戦に使わぬ物まで大量な荷となる、それが一層動きを鈍らせ混乱をいや増していた。

朝廷からの使いや貴族が来着した時も考慮し、朝臣や貴族との交渉や接待に必要として厳選し用意された物も含まれる。

だが、命を賭けた戦場では只の邪魔物に成り下がる。

十七

　その時、織田家に随身し地理に明るい豪族一党より知らせが入ってきた。今川義元は大高道と東海道の交わる近くの小高い丘に本陣を置き、長蛇の列となり止まっている。激しい雨催いのなかで雨宿りしながら、慌ただしく昼食に取り掛かっている。そのため行軍が滞《とどこお》り混乱しており、再び行軍に移るには多くの時間が掛かるであろう。凡そこんな知らせがもたらされ、聞いた者は色めき立った。他の探索に当たる者や乱波、物見の武者からも、今川の軍勢が激しい風雨のなかで西に向け、陣変えを急いでいる様子の詳細な知らせが次々に入ってきた。

「今川方が何故、西に向けて陣変えを…」

「詳しき理由は判じかねまする」

「確かに西に向けて陣変えを急いで居るのじゃな」

「手前の見た所、我等が西に居ると見なしたか、中島砦に攻め掛かるため戦場に急ぐ準備を致して居るのかと考えまする」

「御苦労であった。…どの様に聞いた」

上総介は周りの武将に判断を尋ねた。権六勝家は首を捻りつつ、近くの武将に同意を求めながら、

「手前が考えまする所、今川方は…一つ東海道や大高道からの急襲や待ち伏せに備え、我等を迎え撃つ陣を急ぎ構えたのであろう。いま一つは大高城から中島砦近くへ出て、野戦による正面衝突を考えて居る、もう一つは東海道を取り、善照寺を一気に抜いて尾張の平らな地へ出る道を得たいか…何れかと考えまするが」

「他に考えはないか」

武将の中島豊後守は、

「何れにしても、今川方は我等の所在を掴んでおらぬようでござるな。雨の中でわざわざ我等に背を向けて、陣を構えてくれた」

「思うてもみなんだ。背を向けてくれて居るぞ。よし！　…運が向いて居るのかも知れぬ」

　急な激しい風雨に義元が足を取られ行軍に難渋しているは、明らかになっていた。この地は低い丘陵が連続し広い範囲に広がる、狭間は広く狭く高く低く複雑に入り組んでいる。

　この辺りは小高い丘と低い桶狭間の中腹を通る東海道から、ほんのわずか離れただけで見通しはつかなくなる、軍勢の殺到する大きな音も複雑な地形の丘と密生する樹木が音を消し去るであろう。

　一族衆の織田造酒丞は、

「何をためらうのじゃ。今こそ棟梁として決断の時ぞ。…運命を切り開く刻の到来じゃ」

　上総介に決断を迫った。織田勘解由左衛門も馬首を上総介に回しながら馬を寄せて言い放った。

「今こそ御決断を…遅れてはならぬ。突撃じゃ」

和田新介や柴田勝家、馬廻の毛利長秀、服部一忠、中川重政、津田隼人正らも血相を変えて上総介の周りに詰め寄ってきた。

主人である上総介に、今にも怒鳴りつけんばかりの形相であった。

口々に、

「早く裁下を」

「ご決断を」

「決められよ」

「時を逸してはならぬ」

「殿、抜け駆け致す、御免…」

「待て！　待て！　勝手な真似は許さぬぞ」

慌てて、上総介は大声で遮った。周りの将や侍達が勝機を嗅ぎ取ってはやりだしている、ためらう者を置き去りにしそうであった。

「皆の者も同じ考えと言うのじゃな」

連枝衆の一人柘植与一も、

「今が、又と無い絶好の好機でござる。前進、攻撃のご命令を」

他の連枝衆や一族の者も詰め寄ってきた。

「この機会を漫然と見逃すのであれば、末代までの恥じゃ」

「まだ決められぬとあらば、織田の将来もここまでじゃ。義元の馬前に馬を繋ぐ事と致そうか。では御免、お暇致す…」

一族の者は言い易さと、皆の気持ちを代弁するため、勘気を気にせずいたって怒気を誘うように、面罵《めんば》した。

「其方、そこまで言うか。戯《ざ》れ事は許さぬぞ」

その間も詳しき知らせが入ってくる、最早紛れもなく義元の居る本陣が明らかになり、身動きならぬ状況で背を向け留まっている事を告げていた。

十八

予想も出来なかった僥倖《ぎょうこう》である。

今川本陣のど真ん中に手勢一丸となり錐《きり》となって突っ込めば、今川勢は崩れたち四散するだろう。今なら雨に遮られ、前後の軍勢との連絡も取りにくい状況にある。

動きが鈍くなっている事は、遠目でさえ慣れた武者には見て取れるほどであった。

黒雲の下激しい雨となり、折角長い間用意してきた鉄砲は使えぬ不運も出てきた。当時の大名としては異例の莫大な銭を注ぎ込んで、多数の鉄砲を揃え、稽古を繰り返してきた。鉄砲こそが今川と伸るか反るかの戦で決め手となるべき武器であった。

だが雨の中では使えない、上総介にとっては致命的とも言える不利な状況でもあった。

鉄砲こそが唯一持つ、圧倒的に有利な武器であった。だが悔やんでいる暇はない、使えぬことは大きな誤算であり致命的であったが、逆に見れば晴れておれば、今川の物見が走り回りすぐにも見つけだされるであろう。

義元は逸早く戦場より離れ安全な大高城に逃れ、今川本陣五千の兵が殺到してくる、更に丸根鷲津砦を攻めた軍勢が退路を塞ぎ挟み撃ちに出てくる、こちらの兵数は貧弱でありどうあがいても負け戦となる。

だがこの状況であれば、今川方には、彼等の本陣に突っ込むまでは見つけられまい。上総介は素早く本能的に感じ取っていた。

「一気に、攻め入るのみだ、勢いに乗って敵陣に殺到すれば…さすれば勝てるやもしれぬ」

幸運をもたらすのか、不運になるのか、雨が小止みになってきた。最早躊躇《ちゅうちょ》をしては居れぬ。

「このまま真っ直ぐ進み今川陣の背後を襲おうぞ、この地に詳しき者は案内致せ。声は出すな、無言のままで敵陣に突っ込めー。義元が首のみで良いぞ。他の者には振り向くな、無視と致せ。塗輿の行方を目当てとせよ。…すぐに触れ回れー」

出来るだけの大声で叫ぶと、目を大きく見開いて霞の壁の向こうを睨み付けた。主人が兜頭を振り動かしながら叫ぶ、勇み立つ様を感じ取った乗馬が興奮し始めた、上総介の脳裏に未だ残る懸念とためらいを馬が蹄《ひづめ》で地に烈しく踏み付けた。さらに激しく土を掻く、馬の手綱を引き締めながら、

「総攻めじゃー　すは掛かれー掛かれー……はいよー。突っ込めー」

と叫び、手綱を緩め馬の尻を鞭で激しく叩くと先頭切って鳴海の丘を駆け下った。激しい雨の後であり、走る兵馬がたてる砂煙はあがらず、突撃に移った軍勢の轟音も消され、今川の物見の目に異変は何も映らな

かった。

　織田方は間道や裏道を知るこの地の将や兵、豪族らが案内役として先頭に立ち、幾つかの道をとり全軍勢が我先に細い道に飛び込んでいった。一度低い地に下りると扇川の上流部に出るその周囲には田や畑も拡がる、走れる所なら何処でも田や畑さえ踏み付け駆け抜けると、だらだらした坂を上り始めすぐに鎌倉街道に達する。そのまま通り過ぎると丘陵鞍部の緩い坂を上っていく、ここを進めば急な坂に阻まれず比較的楽に進み、義元の本陣までほぼ真っ直ぐに続いていく。

　鞍部森林のなかを進むと、一度小高い場所に出てさらに入り組んだ狭間の先、僅かに高い位置に駿河の大守が西に向けて陣を構えていた。そこは東海道を真下に見おろす、両街道に備えるには絶好の場所であった。

　上総介の頭からもはや迷い悩みは消え去っていた。織田の兵等と共に押し合いへしあいしながら、霞の彼方にむかって遮二無二走った。霞の彼方に隠れている、歴史の表舞台に向けて突っ込んでいった。

上総介が満身の力を込めて突撃にでた頃、今川方の探索の者もまた東に向けて林の中に足を踏み入れていた。織田の突撃してくる軍勢に気付き、急ぎ引き返そうとしたが追う方が早い、追い付かれると弓で射られ、背後から槍に突かれ、囲まれ切り倒された。僅かに逃れた者も、織田の軍勢と共に今川の陣にたどり着いた。だが知らせる間も無く、彼等も乱戦に飲み込まれていった。

今川の兵と織田の兵がもつれるようにして、今川の陣内に雪崩込んできた。背後の異常に気付いた今川の気丈な数名の侍は織田の旗指物の紋所を見るや、

「敵じゃ。織田が攻めてきたぞう」

と叫ぶと、振り返り織田の兵に立ち向かっていった。しかし、陣形に組み込まれた侍や足軽等は勝手に背後に向けて立て直せない、戦う気持ちが有っても自由に身動きもできない、混乱の内にやがて後ろから押さ

れて陣も崩れ前に逃げた。

　その間も織田の新手の兵があちらこちらから飛び出してくる、僅かに立ち向かおうとする今川の侍や将達も、大きな流れに飲み込まれていった。

　もし騎乗の物見が、突撃に出て走りだした織田の軍勢を見付けたとしても、最早手遅れである。攻める軍勢と同時に伝え様としても、長蛇となり備えの薄い軍勢や小荷駄隊では対応が不可能である。備えを如何に変えるか命令を下す義元に、状況が伝わるには手遅れとなり、伝わった頃には既に勝敗は決していよう。他国で地理のよく知らぬ騎馬武者は遠回りして広い道を走らざるを得ない、その上死の恐怖で逃げ惑う烏合の衆となった長い列の間を本陣に辿り着くには多大な時間を要す、むしろ背後に押し戻された。

　だが間道を取れば他国の騎馬武者より先に目標の地点に直行できる、

今川方にとっては思いも掛けない地点から織田勢が突然飛びだした。

勝ち戦を知らされ気の緩んだ今川軍には激しい闘いに対する気持ちの備えなく、総大将や味方の軍勢に知らせ力を合わせて戦うどころか、慌てて自分の命を守る為に逃げ惑うのみとなった、それが混乱をより大きくした。

組織だった軍勢はばらばらとなり、戦う態勢は崩壊し、恐怖に駆られ勝手に逃げ出し、織田兵に立ち向かう構えは消えていた。

混乱状態で、後方の異常は義元のもとへ知らされるのが遅れた。旗本の数人が気付き、義元の元へ知らせに走った。

それを見た、足軽達は浮足立ち、旗本の後ろを追った。恐怖に駆られ数人が走りだすと、皆が一斉に武器を捨て持ち場を捨てて走り、逃げだす。

「織田勢じゃ。織田勢が背後より攻めて参りましたぞー。殿ー。早くこの場を逃れまする様にして下され」

「何ー。織田と…」

「間も無くこちらにも敵が参りまする。早く逃れまする様に、手前共が支えまする。一刻も早くこの場を去って下されー」

知らせた旗本は一礼をすると、走り出ていった。

義元が居る帷幕は陣の後方に位置する、周りはすぐ混乱に巻き込まれていった。居並ぶ重臣達も急いで立ち上がり、急いで幔幕を出て家来の元に急いだ。旗本達は素早く、馬を用意し義元を囲むようにして坂を下り始めた。

周りは逃げ惑う今川の諸兵であふれ、思うように進めない。道も不確かで、真っ直ぐ桶狭間に向けて下って行った。

今川方は大混乱のなかにあった、陣形は崩れ、戦いの用をなさず、軍勢としての纏まりは失われていた。坂下に逃げる者、雄々しく坂上に向かって駆け上がってくる者、既に阿鼻叫喚の最中《さなか》にあった。

今川にとって不幸が重なった、折角構えた西向きの陣の背後から織田の軍勢が襲う形になった、正面の相手と戦えば力を発揮する陣形も、坂上背後からの攻撃には脆《もろ》い。大軍と言えども支える事は不可能である、予想もしなかった織田の兵が襲うと瞬時に崩れさった。争いか謀反か、織田の攻撃か詳しい状況も分からぬまま、どう対応すべきか誰も判らず、命令もなく混乱が益々手足を縛り逃れることさえ不可能になってゆく。

地理の知らない多くの今川勢は、正面に見える桶狭間に走り込んだ、狭い道に人が溢れ、先に進めない。互いに命懸けで争い、誰もがいきり立ち、先を争った。為に逃げるのが更に遅くなり、ますます焦った。

道に入れぬ者は、狭間に足を踏み入れた。直ぐに池や行き止まりとなり、戻ろうとしても、人が後からやってきて、戻れない。

慌てふためき、周りの立ち木や灌木の急な坂をよじ登ろうとして。滑り落ちた。

恐怖が恐怖を呼び、戦うより命からがら逃げ惑い、孤立し背後から突き伏せられる。

逃げだした兵は街道に沿って四方に走る、街道は身動きが出来ない程人で溢れ倒れた者は踏み潰される、皆命からがら必死に前に進もうとする、追い越す事も反対の方からくる事も出来ない。もはや援軍を呼ぶ為に、早馬さえ送り出す事は不可能であった。

今川家を支え、大々名に押し上げる力となった武者達は追い込まれ、分断され、囲まれながらも勇敢に戦った。


丘上に出た上総介は戦場を見回し、今川勢を更に追い立てるため鉄砲隊に命じた。

「放てーーー」

数十丁の筒先を揃えて撃ち放した。天地を揺るがす轟音が狭間に共鳴し戦場に響き渡った、周りは物凄い白煙となり丘の上部を覆い隠した。

背後から狙われていると思い込んだ追われる今川勢は心の底から恐怖に

駆り立てられ戦場から外に逃れようとして更に焦った。互いに押し合い圧《へ》し合い、却って逃げるのが遅れた。背後から鉄砲の轟音が何度も轟き、逃げ場を探し逃げ惑った。

助けを求め算を乱し、多くは大高城方面に逃げ落ちた。多かった筈の軍勢は僅かの間に逃げ惑い分断され寡少へと陥った。

この狭い街道には弐千程の人数が大高城に向けて足を休めていた。変を知って救援に駆け付けようとするが、双方の軍勢が入り乱れ、身動きが取れない。命からがら必死に逃げたい圧力が優って押される、新手の軍勢も組織だって前には進めなかった。

ここで動ける地は狭く限られる、丘の上から今川軍を追い落としながら、塗り輿の行方を追った。上総介は今川の旗本騎馬達が周りを囲み、守り逃れる一隊を見出した。織田の旗本達もそれと気付き、乱戦のなかを追いすがった。

「敵の大将、今川義元じゃー、追えー、逃すな。首を挙げよー首じゃ」

上総介も今川の将兵を間近に見ながら、僅かに周りを固める旗本と共に戦いながら先へ進んでいた。織田の兵も乱戦のなかで組織的に戦えず、個々に戦っていた。しかし運と勢いも後押しして、狭間に追い込み孤立させ取囲み討ち取って行く、時間が経つに従って一方的な展開となっていった。

狭間に入り込めば、前後が分からなくなり、狭い行き止まりに追い込まれる。更にこの地は池も多く泥濘《ぬかるみ》や深田に追い込まれ、身動き出来ず泥の中で打ち取られていく。戦で、敵に背を見せることは、死を意味していた。

織田の兵が追いすがると、とって返し手厳しい反撃に出てくる今川の旗本達、上総介は近くにいる今川の主力をなす戦闘部隊、大高城、朝比奈泰朝勢、松平元康勢、鳴海城の援軍が何時この戦場に現れてくるか、気が気ではなかった。今川方の事情は掴めていないのである、もし今川の主力の軍勢が救援に到着すれば、形勢は逆転する。今度は織田勢が殲滅される憂き目にあう。

今川の重臣松井宗信や名のある武将達の首級が届いて、手柄を称揚しながらも、上総介は他に気を取られていた。

上総介は、少なくなっていく今川の旗本達を遠目に見ながら、勝ち戦を確信している反面で、焦りの気持ちに襲われていた。

「早く、義元が首を挙げねば、今川の反撃が本格的になる前に、ここを離れねばならぬ」

僅かの刻限が永久に続くかのように感じていた。

馬廻達さえ馬を降り、槍や太刀で今川の軍勢と戦い、突き伏せ突き伏せ義元の旗本目掛けて集まって行く。双方とも死力を奮って戦っていたが、戦場に居合せた今川参千の軍勢は短き刻で散り散りとなり、街道筋に備えた軍勢の将らは逃げ落ちる多数の兵を押し留めようとするが恐怖の圧力に負けた、状況も掴めぬ内に恐怖は感染し崩れていった。義元を守る旗本勢でさえ周りから姿を消していった。織田の兵は傷付きながらも、勝ちを意識し追い詰め、勢い付いていった。

義元を囲み護る旗本達は桶狭間に続く道にいた。細い道は逃げる人で揉みあっていた、旗本は前を行く兵を追い払おうとした。

「どけ。どけ。殿に道を空けよ」

旗本が怒鳴るが、皆逃げるのが精一杯である。旗本は馬の鞭で前の兵を叩いた。前の兵は先に進もうとして、もがいた。

焦りと怒りで、旗本は前の兵を切った。なおも横の兵まで切った。その前にいた数名が脇の林の中に入り避けた。しかし先には沢山の兵がいる。簡単に道は開かれない。馬は人を踏まず先に進まない。焦った旗本数名が馬を下り、倒れた兵を脇の林の中に引きずり込んで、漸く馬を前に進めた。焦るが、捗らない。

織田の弓隊がようやく東海道に降りてきて、上から桶狭間に逃げ惑う今川勢を狙い打った。

今川の旗本が引き返して迎え撃つも、低い場所にいて、得物は槍と刀である。矢を防ぐ何もなかった。多くの旗本は無為に倒れていった。織田の旗本たちは義元達を追って、桶狭間に入り、護る旗本たちと乱戦になっていった。

大将今川義元と旗本三百騎は四、五度にわたり、追いすがる上総介の旗本達と戦いを交えた。

動きの取れぬ足元の悪い地に追い込まれ、精鋭を誇った大軍も戦場に残り戦いを交える人数さえ少なく。やがて義元を守る旗本達も次々と倒れ、その数も次第に少なくなっていった。

織田勢は追撃に移り、泥濘や逃げ場を失い窮地に陥った今川の将兵らを背後より弓矢と長い槍で突き伏せた。

戦いは一方的となり、今川方は集団で戦えず、織田方の集団に囲まれ、個々に戦い討ち取られていった。

戦いは今川の兵を追って、門を閉ざした長福寺の周りの池などで繰り広げられた。今や落ち武者狩りの様相を呈していた。

この頃、織田の鉄砲隊は見通しの付きやすい、街道筋に出て、大高道の東西、東海道南北の逃げる今川の敗残兵に銃弾を浴びせていた。鉄砲は百メートル以上の射程距離がある、姿が見えれば狙い撃てる。背後から狙い撃たれ、命からがら左右の林の中に逃れた。だが林は灌木や茂みで簡単には先に進めない、祖先からの大事な刀の刃こぼれ等気にしておれない、左右に薙ぎ払いながら僅かの距離でも、進もうとした。だがそれは、後を追う落ち武者狩りの軍勢には、通り道を教えることになる。あっという間に追いつかれ、落命することになった。

今川勢は命がけで、必死に逃げた。もはや逃げるしか他に方法がなかった。

小荷駄隊にはもっと困難が押し寄せていた。二万名からなる人馬が一列となり、沓掛城を離れ、先頭の人夫と馬の行列は東海道と交差する地点のすぐそこまで来ていた。食事や幔幕、雨宿りに必要な道具を積んだ馬は当然のことながら、義元近くの先頭近辺にいた。

戦が始まると、その真っただ中に取り残された。彼らは一存で前にも後ろにも動けず、逃げ出す事もならない。あっという間に守り、命令していた筈の今川の侍達は消えてしまった。荷駄隊の人夫は戦う能力に欠ける、襲われたら、馬を放り出して、逃げるだけである。自分の大切な馬といっても、二万頭の人馬が勝手な行動を起こせば、大混乱に落ち誰も逃げることさえできなくなる。

馬を立ち木などに結わえたまま、人夫たちは周りの林や沓掛城めがけて逃げ出した。織田の兵から見れば、近くなら服装や様子で分かり、人夫は攻撃されぬであろうが、少し離れたなら、いつ攻撃されるかわからない。

縛られていなかった馬は興奮して走り回り、細い木に結わえられていた馬は驚き激しく引っ張ると手綱は外れ、興奮のままに走り出す。今川の兵は小荷駄隊の混乱を解決しようとする者など誰もいなかった、暴れる馬からも逃れるに必死であった。

暴れる馬は荷を振り落とし、荷は道を塞いだ。

大軍で押し寄せてきた今川勢は、僅かな刻で、その大きな存在感と勢いは失われてしまった。

今川勢を駆逐すると、織田の軍勢は残された馬と荷物の内容を調べ今川の旗や幔幕などは、馬の背より下ろされた。義元がこの度の戦のために、苦心して用意された貴重な品々であった銭、矢玉、火薬、兵糧等の品々は馬ごと集められた。

隠れていた人夫は見つけられると、馬を扱うよう。命令された。織田の兵数では、あまりに多い馬の扱いは無理であった。

更に逃げた馬を集めにかかった。捕まえた馬の荷を確かめ、荷を背負う馬と荷のない馬が分けられた。馬を繋ぐ紐は今川の旗や幔幕を細く切って使った。今川家にとって屈辱的であった。馬は貴重品である、やがて農民に安く売られるであろう。

二千の軍勢に万を超える馬は手に負えない。今川方の人夫に頼るしかない。

新しく編成を終わった小荷駄隊を先に、東海道を北に向けて進発させた。

大敵今川勢を打ち破った寡勢の織田勢は、甲冑や胴丸は破れ血染めの姿で上総介の周りに集まってきた。未だ、顔は硬かった。

上総介は東海道まで下りてきて、勝利の軍勢に取り囲まれた。

必死の覚悟で戦った皆の表情にはやっと安堵と喜びがあふれていた。

　重圧から逃れ、あふれる喜びの挨拶が、重臣、一族、旗本、近習から述べられた。上総介も感謝と喜びで、家臣たちの手を握り、抱き合い、労《ねぎらい》の言葉を掛け合った。柴田勝家、津田隼人正、織田造酒丞、毛利長秀、佐々成政、浅野又右衛門、堀田左内、和田新介等であった。

「殿、大勝利、祝着至極にござります」

「皆も、よく戦った。礼をゆうぞ。よく戦うて呉れたの。皆もこちらに寄れ、顔を見せよ」

　徒歩の兵や足軽達も顔見知りを探し、

「無事じゃったか、怪我はしておらぬか」

「良かったの、よかった」

互いに抱き合い無事を喜び合った。喜びの輪があちこちでできていた。

あまりの予想もできぬ大勝利に、多くの顔には未だ、信じられない気持ちも滲み出ていた。

上総介は馬廻五十騎余りを四方八方に送り出した。今川兵の追撃を止め、早急に東海道に戻り、集合するように伝えに走った。

これ以上深追いすれば、待ち伏せや反撃にあう、追い詰められ死を覚悟の兵と戦うのは避けねばならぬ。戦いの帰趨は決したのである。

兵の安全と戦場に置き去りを避け、引き上げる事が必要である。馬廻には馬を一頭連れて出した。怪我を負っている者、歩けぬ者も早急に集めるためである。戻った兵には少ないながら水や食料があった、長福寺や近くの豪族が急ぎ、用意した数々であった。

一息つくと、家族、一族、知り合いを見つけ、無事に生き延びた事と勝ち戦を喜び合った。

この頃、馬廻達は、

「織田の兵に、申ーーす。闘いは終った。東海道へ戻られよ」

「今川の兵に、申ーーす。闘いは終った。故郷へ戻られよ。家族が待っておろう。殺生は致さぬ。無事帰られよ」

既に命がないものと、覚悟して身構えていた今川の兵の戦意を挫くことになった。

敗残の今川の兵等は集り、逃げた馬を捕らえ、怪我人を乗せ、三河の国を目指した。

義元総大将の時は、味方であった国境の城砦は、今は帰趨さえ判らない。目立たぬように動いた。

酷い仕打ちを受けていた三河の人の動きは油断がならなかった。

食糧もなく、干飯などを分け合い、空腹に耐えきれず野草も口にした。

三河は農民一揆の盛んな地であった。荒ぶる農民達や土豪の襲来を警戒し、身を護るため、敗残の兵は集団となり、早く三河を抜け遠江を目指して落ち延びて行った。

織田勢は厳しい戦に勝ち、誇りと安堵に満ちていた、傷付いた者も一緒に整列すると勝利の勝鬨を上げた。

引き上げるに際し、馬廻三十騎、槍、弓、鉄砲隊と高く掲げた旗印を残した。遅れて、戻った兵を集めるためである。

清須の城へ、勝ち戦の知らせを伝える馬廻三騎の使いを送り出した。

「清須の城でも、皆が勝敗に気を揉んでおろう。早く知らせよ。『大勝利じゃ、安心致せ』子細は其方の口から話せ。

では、行け」

砦に籠っていた兵らは朝比奈、松平勢が慌てて旗や盾の重いものを残し陣を引き払い、大慌てで大高城に引き上げる様子を見て、勝利を確信していた。推移は砦同士で知らせを伝えあっていた。

さらに、東海道から敗残兵らしき人数が、鳴海城に逃げ込むに及びさらに勝利を確信していた。

勝利を得た上総介の軍勢は東海道から脇道を通り、焼けただれた鷲津・丸根砦を左（西）に見る地に出て、全ての軍勢が平らな地に下りたころを見計らい、馬を止めた。上総介は軍勢の中程まで、馬を返し、馬上高く伸び上がり、

「砦で落命し者達に、成仏を願い。手を合わせよ」

大声で命令した。声が聞こえた前にいる者達は、槍弓鉄砲を横に置き、合掌した。その動きは波が広がるように、左右に伝達していった。馬廻が伝えるよりも早く、整然とした動きであった。

心ばかりの弔いであったが。生き残った者の務めでもあった。長い黙

礼の後、鉄砲を空に向け、弔砲を撃たせた。

心ばかりの手向けの後、中島砦を目指した。


梶川平左衛門が真っ先に飛び出してきた。後から守兵がばらばらと飛び出してきて、歓声を上げ、手を振った。

上総介が近くまで来て、将は慌てて並ぶように命じて、一列になったが、喜びが勝って、歓声を上げ勝手に並んでいた。

梶川平左衛門の前まで来ると、馬を下り駆け寄った、二人は両手で確りと握り合った。

「よくぞ守り通した、ご苦労であった。礼を言うぞ」

「勝ち戦、祝着至極にござります」

「皆にも礼を言うぞ。それを見よ！　義元の首級じゃ」

と槍を指さした。歓声が一段と大きくなった。

引き連れてきた小荷駄隊の中から、兵糧、矢玉などを急ぎ砦に運び込んだ。去り際に鷲津丸根砦の遺体の収容と弔いを依頼して、別れた。

善照寺砦では佐久間右衛門が兵を二列に整列して、歓喜の声を上げて出迎えた。二人は確り握り合い、勝利の喜びを称えあった。

兵らも一族、知り合いを見つけると、喜びの交換があった。

砦に必要な荷を積む馬ごと引き渡した。鳴海城が未だ健在であり、確り抑えるよう伝えた。

砦の東の林からは伏せ勢として、残した千の軍勢も安堵して姿を現し、急いで喜びの輪に加わった。

砦の人数は砦から出て並び、丹下砦でも大歓声で迎えられた。水野帯刀、柘植玄蕃頭等と勝利を祝った。死を覚悟していたのが、一転して大勝利、喜びが爆発した。

これからのために、馬ごと必要な品を運び込んだ。

未だ大高城、鳴海城や戸部城などは無傷で残っている。戦はまだ終わっていない。丹下砦は間に入っており、一層用心し、他の砦とも協力し護りを固めるよう、語った。

三つの砦の守兵は外の空気を存分に吸い、生きていることに感謝した。

織田の主従は義元の首級を高く掲げ、近辺の城や砦、道に出てきて歓声を上げる住人に見せた。近親、一族、近しい者は喜びの品、食べ物を持って待ち受け一行に手渡した。道のあちこちで喜びの交換が繰り返された。

鳴海城にはいち早く義元の死が伝えられていた。岡部元信は歯ぎしりして、悔しがった。三千の人数がいるとはいえ、勝ち誇っている織田の軍勢に立ち向かえない。義元が死したいま、孤立した城では兵糧や後詰も応援の兵も来ない。ただ護りを固め見守るしかなかった。

桶狭間の戦場より、急ぎ一里以上離れた地に逃れた者や遠く離れた地にいた者は命永らえて、三河、遠江、駿河へ逃げ帰った。

清須城では家老の林秀貞は大手門の前で床几に坐り、背後には城に残った将や馬廻を従え、知らせを待っていた。

知らせを伝えに来た三騎は、勢い余って、秀貞の前を通りすぎて、慌てて手綱を引いて馬を止めた。馬を飛び降り、秀貞の前に駆け寄り、片膝をついた。

「申し上げます。戦に勝ちましたぞ。お喜び下され。おん敵義元の首級を挙げまして御座ります」

と一気に述べた。

「勝ったとな。其れは目出度い。して戦の様子はどうじゃ」

背後にいた皆が歓声を上げた。お互い顔を見ながら喜びとお祝いを述べ合った。旗本はすぐに城内各所に勝ち戦を触れに走った。

「戦は鎌倉街道の東より大将ケ根を越えて、西に向けて陣を構える今川勢を背後より追い落とし、今川勢は瞬時に崩れまして御座る。わが勢は逃げる今川勢を追い詰め多くの武者を討ち取り、思ってもみなかった大勝利でございます。殿より、先ずは勝ち戦を知らせよとのご命令でござります」

「ご苦労であった。勝ち戦目出たい。祝着至極、天晴な働きぶり、家の誉れじゃ。良かったのー、奥に入り一息入れよ。ご苦労であった」

背後を振り返り、他の者と大いに喜びを共にした。

城内は喜びの歓声で沸き返った。喜び合い、勝ち戦に安堵した。

侍女達は女主人の元に知らせに走った。主従手を取り合って、喜んだ。

　ここからは女の戦いである。城内には女手は少ない。襷を一段と強く締めて、表に出てきた。直ぐに近くの家臣宅にも使いが出され、多くの兵に出される祝宴の準備に取り掛かった。城内で働く者、家で食事を用意する者など大騒動が始まった。城内では風呂が用意され、多くの着替え、怪我人には寝床が用意され、綿の白布が積み上げられた。信忠、信雄、信孝の生母たちも受け入れ準備に立ち働いた。多くの部屋を片付け食器や膳部が並べられる。多くの兵を迎えるには、城内といえども手狭であった。

　料理された食料、汁、野菜、魚などが運び込まれる。置き場所にも困るほどであった。城内でも大量の米が炊かれ女達は準備に追いまくられた。

　清須への道すがら噂を聞いて多くの人が東海道にて歓呼の声で出迎えた。多くの人にとって喜びと、安堵の気持ちが溢れていた。

上総介は夕刻になり清須城に凱旋した。男たちは外に出て、整列して出迎えた。迎える者も、迎えられる者も先ず安堵の気持ちが胸にあった。祝いの膳は簡素であった。膳の内容もばらばらであった。皆に勝利の酒が振舞われた。

この頃、城の奥では織田の城地に残る今川に寝返った城や今川に抑えられている城の明け渡しに使われる文章の検討や、翌日に送り出す使者、交渉条件の詰めが秀貞を中心に乙名達や旗本が準備に追われていた。

今川との戦いも、道半ばであった。

医術の心得の有る者が既に呼び集められていた。

麻酔のない時代である、矢じりを抜いたり、鉄砲の弾を抜いたり、最早使えぬ手足は切断される。呻き声が充満していた。

一方、女達には、戦で傷ついた男達の傷の手当、衣類を取り換え、汚れた体を拭いたり、腕が不自由な者、起きあがれない者には食事の介助、励ましの言葉、優しく接し落ち着かせる、強く生きるように耳元で呼んで眼を閉じるのを妨げる。

普段ではあり得ない、介助に追いまくられた。

勝利の宴まで、手が回らないのである。

普段は在城していない。多くの兵が一夜を明かす。当然夜具などは到底足りない。だが命を懸けて勝利してきた、男達には体を休める、場所を用意してあげようと、頑張った。

上総介より各将を通して、勝ち戦の祝いの言葉と、労いの言葉が伝えられた。恩賞の沙汰は後日になろう。勝ち戦とはいえ、新たな土地を得られた訳ではない。多くの城などは今川方に抑えられ、取り戻すことも出来ずにいた。

二日の戦いに疲れた将兵達は、城内に在って、安心して眠りについた。

この戦いの後、今川方に寝返っていた沓掛城、大高城、鳴海城、戸部（笠寺）城、桜中村城、知立城等は明け渡されたり、再び織田家が支配し、尾張一円の支配を取り戻した。

この戦で【上総介】は切り開かれた未来へ、時代精神を背に【信長の世界《せ》】へ舞台を迫り上がって行った。

太田牛一は記録帳（後の信長公記）を膝に乗せ、独り言に呟いた。

「わしも他に負けじと走るだけじゃった。今にして思えば坂を駆け上った時、全ての帰趨は決していたのじゃな。

あの海道一の弓取りと謳われた、今川義元殿に勝てるとは思うてはおらなんだ。
共に戦った者は解かっておろう。・・坂を駆け上ったとだけ認めようぞ」
義元殿の霊にと、静かに瞑目した。

今川　治部大輔　義元　享年四十二
織田　上総介　信長　二十七才

参考文献

信長公記　奥野高広・岩沢愿彦＝校注　角川書店
合戦の舞台裏　二木謙一　新人物往来社
信長　堺屋太一　山崎正和　石原慎太郎　塩野七生　隆慶一郎ほか
プレジデント社
戦国武将201　裸のデータファイル　井沢元彦ほか　新人物往来社
織田軍団　三好京三ほか　株式会社　世界文化社
激闘　織田軍団　会田雄次ほか　学習研究社
奇襲の真実　桶狭間合戦　太田輝夫　新人物往来社

参照させて頂きました。感謝いたします。

著者プロフィール

昇悦（しょうえつ）

札幌市で出生。学生時代より名古屋市在住。

名古屋市役所勤務。

昭和48年肝炎判明、退職に至る、20年間に10回を超える長期（半年間）の入院と治療、現状通院治療中。

平成16年肝癌の手術。


病気判明時より現在に至るまで、指導して頂きました名古屋大学名誉教授　青木國雄先生。多くの医療機関、多くの医療関係者、名古屋市役所、多くの職員の方達に感謝申し上げます。

著書『北の詩　埋もれた記憶』 2016年　文芸社
　　『信長…フォエヴァー…』 2019年　文芸社
　　『損切に立ち向かう　損失を回避する　昇悦式メソッド』 2020年　文芸社

個人投資家

上総介異聞　—桶狭間の二日—

2022年8月15日　初版第1刷発行

著　者　昇悦
発行者　瓜谷 綱延
発行所　株式会社文芸社
〒160-0022　東京都新宿区新宿1－10－1
電話　03-5369-3060（代表）
03-5369-2299（販売）

印　刷　株式会社文芸社
製本所　株式会社MOTOMURA

ISBN978-4-286-23904-0